우리들, 킴

우리들, 킴 2 (큰글씨책)

초판 1쇄 발행 2018년 10월 15일

지은이 황은덕
펴낸이 강수걸
편집장 권경옥
펴낸곳 산지니
등록 2005년 2월 7일 제 333-3370000251002005000001호
주소 부산광역시 해운대구 수영강변대로 140 BCC 613호
전화 051-504-7070 | 팩스 051-507-7543
홈페이지 www.sanzinibook.com
전자우편 sanzini@sanzinibook.com
블로그 http://sanzinibook.tistory.com

ISBN 978-89-6545-558-5 04810
978-89-6545-556-1 (세트)

* 책값은 뒤표지에 있습니다.
* 이 도서의 국립중앙도서관 출판예정도서목록(CIP)은 서지정보유통지원시스템 홈페이지(http://seoji.nl.go.kr)와 국가자료공동목록시스템(http://www.nl.go.kr/kolisnet)에서 이용하실 수 있습니다.(CIP제어번호: CIP2018031435)

큰글씨책

우리들, 킴 ②

황은덕 소설집

산지니

차례

열한 번째 아이

아이로부터 전화가 걸려 온 건 정오 무렵이었다. 수영장에서 돌아와 젖은 수영복과 수모와 수경을 화장실 수건걸이에 걸쳐 놓고 소파에서 막 한숨 돌리던 참이었다. 거실이 고즈넉했다. 어디선가 새 울음소리가 들렸다. 아파트 담장 옆 유치원 건물의 나무들 사이에서 들려오는 소리였다. 까마귀인지 까치인지 모를 새소리에 덕순은 한참 동안 귀를 기울였다. 장하다. 장해. 덕순이 뜻 모를 말을 중얼거렸다. 다시 소파에 앉는데 휴대전화가 울렸다. 연락처에 등록되지 않은 번호였다.

할머니이.

어리광 섞인 목소리가 수화기에서 흘러나오자 덕순은 저도 모르게 소리를 질렀다.

태호야! 너 태호냐?

네에. 할머니이.

덕순은 말문이 막혔다. 하지만 아이는 거침없이 종알거렸다.

할머니이. 오랜만이제? 그동안 나 안 보고 싶었어?

능글맞고 친숙한 아이의 목소리에 덕순은 목이 메었다. 아이와 소식이 끊긴 지 벌써 삼 년이 넘었다. 삼 년 전 추석 명절 때, 역시나 딴 속셈이 있었던 제 아비를 따라 집에 다녀간 뒤론 감감무소식이었다. 지은 죄가 있어 먼저 연락하지 못하는 것 같았다. 그러거나 말거나 덕순은 아이에게 몇 번이나 전화를 넣고 문자를 남겼지만 녀석에게서는 도통 응답이 없었다. 그러곤 얼마 뒤 휴대전화 번호가 바뀌었는지 '지금 거신 번호는 없는 번호이오니…'라는 자동응답 메시지가 흘러나왔다.

할머니, 나 배고파. 지금 점심 먹으러 가도 돼?

어이구! 우리 태호가 갑자기 뭔 바람이 불었을까?

나 조기 구이 먹고 싶어 할머니. 조기 세 마리만 구워 줘. 꼭 세 마리여야 해!

전화를 끊고 덕순은 허둥지둥 냉동실로 향했다. 마침 손질해 얼려 놓은 조기가 딱 세 마리 남아 있었다. 서둘러 조기를 해동한 후 불고기 감을 양념에 재고 상추를 씻고 쌈장을 새로 만들었다. 미리 연락을 줬더라면 아이가 좋아하는 잡채와 게장무침을 만들어 뒀을 텐데, 갑작스런 녀석의 행보에 새삼 고개가 갸웃거려졌다.

밥통에 쌀을 안친 후 덕순은 아차, 하며 안방으로 종종걸음 쳤다. 가방에서 지갑을 꺼내 장롱 속 이불 사이에 찔러 두고, 반지며 목걸이 등의 금붙이는 찬장 깊숙한 곳에 잘 감추었다.

그동안 잊을 만하면 아이와 연락이 끊겼던 이유가 다 이것들을 제대로 숨겨 두지 않았기 때문이었다. 아이가 중학교에 들어간 후 훔치는 일이 반복될 때마다 돈 액수가 커졌고, 맨 마지막에 아이는 친목계에서 단체로 장만한 좁쌀 크기의 다이아 박힌 금반지를 훔쳐 달아났다. 그렇긴 해도 큰 소리로 야단치고 등짝을 몇 번 후려친 후 다시는 그러지 않겠다는 다짐을 받으면 그만일 일이었다. 하지만 아이는 지레 겁을 먹고 지난 삼 년 동안 연락을 끊어 버렸다.

조기 타는 냄새가 진동했다. 허둥대며 안방에서 뛰쳐나갔지만 조기 세 마리는 꼬리며 지느러미, 통통한 몸통까지 검게 그을린 뒤였다. 아이고, 이놈의 정신머리. 덕순이 혼잣말을 하며 가스레인지 불을 껐다. 부엌용 가위로 시꺼멓게 그을린 부분을 이리저리 잘라 냈지만 조기는 이미 찢어진 홑이불처럼 누더기가 되어 버렸다. 덕순은 상심한 얼굴로 상을 차렸다. 그때 현관 벨이 울렸다.

*

할머니이!

키가 한 뼘은 더 자라고 얼굴이 몰라보게 갸름해진 태호가 현관 밖에 서 있었다. 그런데 녀석은 혼자가 아니었다. 덕순은 얼어붙은 듯 그 자리에 멈췄다. 일순, 사방이 고요해지고 머릿속이 하얗게 비었다.

할머니, 할머니이!

태호가 다가와 덕순의 양팔을 흔들었다.

태호 뒤편에서 쭈뼛거리던 여자애가 그제야 기어들어가는 목소리로 안녕하세요, 하고 인사했다. 그리곤 품에 안은 어린 것에게도 인사를 시켰다. 승환아, 안녕하세요, 해야지.

인공관절을 박아 넣은 양 무릎이 휘청거렸지만 덕순은 마음을 다잡고 눈앞의 현실을 이해하려고 애썼다. 그러니까 조기 세 마리를 구워 달라는 말이….

우리 할머니 엄청 놀래 버렸어?

아이가 제 아이를 데리고 나타날 줄은 꿈에도 생각하지 못했으므로 덕순은 입에서 절로 터져 나오는 대로 소리를 질렀다.

이눔 새끼야, 이게 다 뭔 일이여!

우리 할머니, 자, 자, 들어가서 얘기해!

정신을 가다듬고 거실 바닥에 앉고 보니 호리호리한 체격의 태호는 그새 제법 청년 티를 물씬 풍겼다. 살이 빠져서인지 역삼각형으로 길쭉해진 얼굴형이 영락없이 제 아비를 쏙 빼닮은 모습이었다. 그렇긴 해도 부드러운 눈매며 날카롭지 않은 복스러운 코끝이며 죽은 어미의 흔적은 여전히 남아 있었다. 앳된 얼굴의 여자애가 태호 옆에 다소곳이 앉고 어린놈은 벌써 거실 반대편으로 통통 뛰어갔다.

태호야, 그러니까 저 애가 지금….

19개월이라고 했다. 씨도둑은 못한다더니 너부데데한 얼굴이며 튼실한 팔다리며 잠시도 가만있지 못하고 사부작대며 돌아다니는 품새가 태호 어릴 적 모습과 꼭 닮았다.

할머니, 우리 아들 잘생겼지?

태호가 어린놈 허리를 붙잡더니 장난스럽게 제 볼을 가져다 비빈 후 손가락으로 머리카락을 흩트려 놓았다. 둘이서 자주 하는 짓거리인지 어린것이 태호를 쳐다보며 까르르 까르르 웃었다. 낯가림 없는 건강한 아이였다. 두 어린놈이 하는 양을 보고 덕순이 휴, 한숨을 내쉬었다. 어처구니가 없었다.

고등학교도 졸업 못 하고 이게 뭔 사단이여, 이놈아!

할머니, 나 배고파!

태호의 말이 끝나기도 전에 덕순이 주방으로 가 밥을 푼다, 국을 뜬다, 조기 접시를 놓는다, 부산을 떨었다. 태호가 배고프다는 말을 할 때마다 덕순은 가슴 깊은 곳이 짓뭉개지는 것처럼 아리고 쓰렸고, 그런 후에는 한없이 마음이 약해졌다. 태호 스스로도 자신의 존재가 할머니의 아킬레스건이라는 사실을 잘 알았다. 돈이나 물건을 훔쳐 달아났다가도 시간이 지나고 나면 짐짓 당당하게 할머니를 찾아와 배가 고프다고 말하는 이유가 그것이었다. 할머니는 말하자면, 얼굴도 기억나지 않는 추상의 어머니가 자신을 위해 이 지상에 남겨 둔, 무제한 사용 가능한 데이터 같은 것이었다.

거실이며 안방을 휘젓고 다니는 어린것을 덕순이 눈으로 좇

으며 살피는 동안 태호와 여자애는 식탁에 앉아 밥을 먹었다. 어릴 때부터 먹성이 좋았던 태호는 가리는 것 없이 이것저것 잘 먹었고, 여자아이는 조심스럽게 그러나 반찬 접시마다 골고루 젓가락을 댔다.

밥은 먹고 다니냐? 왜 이렇게 몸이 말랐어?

할머니, 나 밥 잘 먹어. 근데 요즘 다이어트 하잖아.

식탁에서 밥을 먹는 두 놈과 거실에서 부산스럽게 왔다 갔다 하는 어린놈을 한눈에 훑고 난 덕순이 다시 한숨을 내쉬었다. 이 일을 어쩐단 말인가.

저것을 내가 끝까지 키웠더라면…. 그동안 수천 번도 더 곱씹은 후회가 덕순의 가슴으로 휘몰아쳤다. 암 투병하던 딸아이가 죽고, 뭐가 그리 급했는지 장례 치른 지 겨우 석 달 만에 도둑놈처럼 새장가 든 제 아비가 몇 년 후 어느 날 갑자기 저것을 데려간다고 우겼을 때, 죽어도 못 보낸다고 끝까지 버텼더라면, 그랬더라면 지금쯤 태호는 고등학교를 다니고, 내년이면 대학 신입생이 되고, 그렇게 다른 아이들처럼 평범하게 살 수 있었을까. 그럴 수 있었을까.

밥을 다 먹은 태호가 주방 옆 작은방으로 들어갔다. 보나마나 벽에 걸린 제 초상화를 올려다보고 있을 거였다. 그림 속의 태호는 두 살배기였다. 야구 모자를 쓰고 멜빵바지를 입고 뭔가 못마땅한 듯 입술을 비죽이 내밀며 뾰로통한 표정을 짓고 있었다. 바탕을 푸른색으로 칠한 탓인지 아이가 웃고 있지 않은데도 전체적으로 그림이 밝아 보였다. 작은 주먹을 불끈 쥔 불만스런 표정이 오히려 생동감마저 느끼게 했다. 미대를 졸업한 막내딸이 명줄을 놓기 몇 달 전에 제 새끼를 그려 놓은 거였다.

태호를 낳자마자 암 진단을 받았고, 발병한 지 이 년도 못 돼 세상을 떴으니, 어미 노릇 한 번 제대로 해 보지 못한 딸아이였다. 밥 한 톨 넘기지 못하고 진통제와 링거액으로 목숨을 연명하면서도 딸아이는 틈틈이 자리에서 일어나 그림을 그렸다. 엄마, 우리 아들 잘생겼지? 병원에서 숨을 거두기 전, 덕순이 잠시 집에 데려와 돌보던 시기였다. 앙상하게 뼈만 남은 손가락으로 캔버스 앞에서 붓질을 하던 딸아이의 심정이 어땠을지, 그림을 볼 때마다 덕순은 가슴이 쓰라렸다. 딸아이 간 지 벌써 십칠 년이었다. 하지만 생전에 그 아이가 했던 말, 미소, 손짓, 앙상한 손가락뼈 하나하나까지 덕순에게는 여전히 모든 게 생생했다. 오년 전, 역시 암으로 세상을 떠난 남편은 잊은 채 살아가면서도, 그보다 더 오래전에 죽은 딸아이에 관해서는 이상하게도 아무것도 잊히지 않았다.

삼 남매 중 가장 살갑고 정 많은 아이였다. 엄마아, 엄마아. 집안일 하는 덕순을 일 없이 불러 놓고 등 뒤에서 와락 껴안기도 하고, 빠듯한 용돈을 쪼개서 핸드로션이다 아이크림이다 덕순이 듣도 보도 못한 상표의 화장품을 사다 주기도 했다. 반듯하지만 무심한 성격의 아들이나 매사 똑 부러지지만 잔정이라곤 없는 큰딸이 서운해질 때마다 덕순은 종종 이 세상에 없는 막내딸을 생각했다. 그것만 살아 있었더라면. 어째서 그 아이는 서른 살도 못 채우고 세상을 등져야 했을까. 막내딸을 떠올릴 때마다 모든 게 어제 벌어진 일처럼 덕순은 콧잔등이 시큰거리고 눈물이 삐져나왔다.

품 안으로 달려드는 아이를 태호가 허공으로 안아 올린 후 볼을 쪽쪽거렸다. 덕순은 새삼 어이가 없었다. 머리에 피도 안 마른 녀석이 제 새끼랍시고 물고 빨고 하는 꼴이 기가 막혔다. 지금쯤 교실이나 도서관에서 미래를 위해 시간을 투자하거나, 하다못해 자격증이나 합격증 뭐 그런 걸 얻기 위해 힘을 쏟아야 할 나이 아닌가 말이다. 이제 겨우 열아홉. 앞날 시퍼런 청춘이 애 똥 기저귀나 갈고 분유 값이나 걱정하며 아등바등 인생을 살아야 하는가 말이다.

니 애비도 너 이런 거 알고 있냐?

응, 할머니. 아빠도 얼마 전에야 알았어. 아빠도 그때 엄청 놀래 버렸어.

그래? 썩을 놈.

할머니, 우리 아빠 아직도 미워해?

그래. 할머니는 니 아빠가 젤 미워.

그래도 아빤 내가 말하면 뭐든 다 들어 줘.

아빤 지금도 원룸에서 혼자 살아?

응 할머니, 동생들은 걔들 엄마하고 따로 산대.

태호 아비만 생각하면 덕순은 심사가 복잡하게 헝클어졌다. 재혼 후 육 년 만인가, 초등학교에 갓 입학한 태호를 데려가면서 했던 말이 아직도 귓가에 쟁쟁했다. 이제 이쪽 집안은 잊게 할 겁니다. 집사람한테 빨리 적응시켜야죠. 하지만 태호 아비는 그 후에도 덕순네를 뻔질나게 들락거렸다. 태호를 앞세우기도 했고, 어느 땐 끼니 때 혼자 찾아와 밥을 먹고 가기도 했다. 그런데 다니던 직장을 그만두고 사업을 시작하면서부터 심심찮게 돈 얘기를 꺼냈다. 나중에 알고 보니 순해 빠진 아들에게까지 손을 벌려 몇 차례 돈을 가져간 적이 있었다. 삼 년 전 추석 명절 때 다녀간 후에는 갑자기 전화를 걸어 합의금이 필요하다며 목돈을 요구했다. 태호가 반 친구를 두들겨 패서 경찰서에 붙잡혀 있다는 거였다. 태호와는 이미 연락이 끊긴 상태였으니 사실을 확인해 볼 수 없었다. 이번이 마지막이다, 못 박으며 아들을 통해 합의금을 건넨 게 삼 년 전의 일이었다.

애는 어디서 어떻게 낳았어?

여자애 말에 의하면 미혼의 임산부를 무료로 출산하도록 도와주고 몸조리까지 시킨 후 내보내는 시설이 있다고 했다. 여자애는 태호보다 한 살 어렸고, 십대 미혼모를 위한 보조금을 받을 수 있었다는 거였다. 출산 후 한동안 시설에 그대로 머물렀고, 원룸을 얻어 함께 산 지는 몇 달 되지 않았다고 했다.

덕순은 어린것의 얼굴을 찬찬히 뜯어보았다. 눈썹머리가 좁고 눈썹이 꼬리를 향해 퍼지며 흩어지는 모양새나, 높은 콧대와 뭉툭한 코끝의 곡선이 영락없이 태호 어릴 적 모습을 빼닮았다. 어린것 얼굴 위로 막내딸의 모습이 겹쳐졌다. 엄마아, 내 눈썹은 빗자루 눈썹, 내 코는 복코. 딸아이 음성이 어디선가 들리는 듯했다.

아가, 이리 온.

덕순이 양팔을 벌리자 아이가 냉큼 품 안에 안겼다. 꼿꼿한 허리며 튼실한 팔다리의 감촉이 손바닥에 생생하게 느껴졌다. 덕순은 흠칫 몸을 떨었다. 열락 같은, 두려움 같은, 기묘한 감정이 가슴께로 휘몰아쳤다. 이것이 살아 있음인가. 이것이 이승에 살아 있다는 것을 실감하는 일인가. 덕순의 두 눈이 젖어 들었다. 토실한 아이의 등을 어루만지던 덕순의 얼굴이 곧 어두워졌다.

이제부터 뭘 해서 먹고살 건데?

할머니, 나 돈 벌어.

니가 뭔 수로 돈을 벌어?

저녁 7시쯤 출근해서 아침에 돌아오는 직장에 몇 달째 출근하고 있다고 했다. 뭐하는 곳이냐고 재차 물었지만 태호는 빙글빙글 웃으면서, 나쁜 일은 아니야 할머니, 하며 덕순의 어깨를 보듬었다. 제 어미를 닮아선지 능글맞다 싶을 정도로 감정 표현이 풍부한 아이였다.

그럼 애는 엄마가 보냐?

여자애가 냉큼 대답했다.

네. 근데 태호가 전혀 도와주질 않아요. 애가 똥 싸면 코 틀어쥐고 저를 불러요. 똥 쌌어, 하면서 소릴 질러요.

태호가 내가 언제? 하며 대화에 끼어들었다. 두 놈이 옥신각신하는 걸 보며 덕순이 한숨을 쉬었다. 이 노릇을 어찌할꼬.

후식으로 내간 수박을 먹은 후 태호는 집으로 돌아갔다. 출근하기 전에 낮잠을 좀 자 두어야 한다고 했다. 원룸이라면서 대낮에 태호가 잠을 자면 나머지 두 놈은 어디에 있다는 말인지, 쌀을 팔아 밥은 꼬박꼬박 지어 먹는 것인지, 덕순은 뒤숭숭한 마음을 가눌 길이 없었다.

그날 밤, 덕순은 잠을 이루지 못했다. 갑작스런 태호의 출현은 덕순을 보다 깊고 음습한 상념으로 이끌었다. 오랫동안 시달려 온 미망. 태호가 태어나지 않았더라면 막내가 그렇게 허망하게 죽지는 않았을 거란 생각이었다. 막내가 임신했을 무렵, 덕순은 사위가 했던 말을 똑똑히 기억하고 있었다. 어머니, 현정이가 많이 아파요. 그때는 무심히 넘겼던 그 말. 막내가 많이 아프다는 말. 혹시 입덧 때문이 아니라, 그때 이미 암세포가 발견된 건 아니었는지, 그리고 젊은것들이 뱃속의 아이를 살리느라 치료시기를 놓쳐 버린 건 아닌지, 덕순은 오래 묵은 사념에 마음이 한없이 헝클어졌다. 저것이 태어나지 않았더라면. 몹쓸 생각인 줄 알면서도 태호가 다녀간 후에 불쑥불쑥 치

솟는 사념을 덕순은 어쩌지 못했다.

나무관세음보살. 세상사에 무념무상 해지려면 도대체 얼마나 더 나이를 먹어야 하는 것인지, 천 갈래 만 갈래로 뻗어 가는 근심과 번뇌에 덕순은 애가 닳았다.

*

그냥, 내버려 둬요.

다음 날 아침, 전화로 자초지종을 전해 들은 큰딸의 첫마디가 이랬다. 오만 가지 생각이 끓어올라 뜬눈으로 밤을 지새운 후인지라 딸의 대꾸가 더없이 서운하고 서러웠다. 예나 지금이나 인정머리 없는 것.

다들 각자 자기 인생이 있는 거야. 엄마가 걔 대신 살아 줄 거예요? 대신 애 키워 줄 거예요?

다 맞는 말이었다. 그렇긴 해도 어찌 저리 남 말하듯 냉정할 수 있단 말인가.

엄마 나이 일흔다섯이에요. 이제 더 이상 애는 못 키워. 수영장 안 다니고 애 볼 거예요?

누가 그런다냐? 사는 데라도 한번 들여다보겠다는 거지.

주말에 다녀가겠다는 약속을 딸에게서 겨우 받아 내고 덕순은 전화를 끊었다. 같은 뱃속을 뚫고 나온 자식이라도 어쩌면 다들 저리 제각각인지. 직장생활하면서 자식 둘 키우는 복잡하고 고단한 사정을 이해하면서도 덕순은 언제나 딱딱 부러지는 큰딸의 말본새가 못마땅했다.

대학 졸업해서 고만고만한 짝 만나 결혼하고, 각자 아이들 낳고 제 밥벌이에 충실한 큰딸이나 아들에게 덕순이 불만 같은 게 있을 리 없었다. 둘 다 자라면서 그 흔한 사춘기 반항도 하지 않았고, 알아서 척척 참고서를 사 보거나 그룹과외를 찾아가면서 대학도 순조롭게 입학했다. 덕순이 신경 쓴 건 현실감각이라고는 눈곱만큼도 없는 남편을 평생 믿지 않고, 돈을 꽉 틀어쥐고 살림을 맵싸하게 사는 일이었다. 덕순의 남편은 요샛말로 하면 '허당'이었다. 그런 남편의 성정을 일가친척은 물론 시댁식구들도 잘 아는지라, 삼 남매 대학 공부시키고 노후에 꼬박꼬박 연금 받으며 살게 된 공이 모두 덕순에게 있는 줄 누구든 인정하게 되었다.

하지만 덕순으로서는 막내딸이 가장 미더웠다. 위 두 놈에 비하면 막내는 공부도 못했고, 입시용 미술학원이다 재수생활이다, 가르칠 때 들어간 비용도 언니 오빠의 서너 배는 족히 더 들었다. 간신히 미대에 입학한 후에는 연애질 때문에 또 속을 썩였다. 결혼만 해도 그랬다. 사회 경제적으로 비등한 짝을 데려와 결혼한 두 아이들과는 달리, 한마디로 요란뻑적지근한 과정을 겪으며 결혼했다. 그런 막내가 갑자기 세상을 등진 후에야 덕순은 그 아이가 자신에게 얼마나 귀하고 소중했는지 알게 되었다. 막내라서 너그러웠던 것일까. 공부를 못해도, 연애 문제로 속을 썩여도, 덕순은 막내 때문에 잠 못 이룬 적이 없었다. 그 아이가 세상에서 사라져 버린 이후에야 비로소 막내로 인한 상심과 걱정이 시작되었다.

*

태호는 덕순이 열 번째로 키운 아이였다. 삼 남매가 초등학교와 중학교를 다닐 때에도 덕순은 끊임없이 누군가의 아이를 집에 데려와 길렀다. 짧게는 한두 달일 때도 있었고, 태호나 아들의 늦둥이처럼 육칠 년이 걸릴 때도 있었다.

첫 아이는 제부의 사업이 망해서 아이들이 배를 곯고 있다는 말을 듣고 데려온 친정 조카딸이었다. 속눈썹이 길고 두 눈이 예쁜 아이였다. 아장거리는 돌잡이였는데 씻기고 꾸며서 등에 업고 대문을 나서면 근동이 다 환해지곤 했다. 조카딸은 몇 달 후 친할머니가 데려갔다. 그다음은 시댁 조카딸이었다. 연년생을 낳고 보니 하필이면 쌍둥이여서 도저히 갓난아이 셋을 한꺼번에 키울 수 없었다. 방 한 칸에 주르륵 누워 있는 갓난쟁이들을 보며 아랫동서가 눈물바람을 했을 때, 덕순은 자진해서 쌍둥이 언니를 데려왔다. 친정 조카딸을 키울 때는 드러내 놓고 눈치를 주던 남편은 제 집안의 핏줄을 데려오자 덕순의 비위를 맞추며 비굴하게 굴기까지 했다. 그 뒤로 덕순에게는 손자뻘이 되는 팔촌의 자식, 그리고 덕순과 피 한 방울 섞이지 않은 이웃집 아이가 각각 몇 달씩 집에 머물렀다 떠났다. 이웃집 아이는 덕순을 유난히 따르던 초등학생이었다. 아이는 결국 보육원으로 보내졌다. 이혼한 부모가 둘 다 끝내 아이를 맡지 않겠다고 했기 때문이었다. 덕순의 큰딸과 아들이 결혼한 뒤로는 두 손자가 차례로 덕순에게 맡겨졌다가 떠났다.

아이들을 기르면서 덕순은 쏠쏠하게 푼돈을 모았다. 덕순이 요구한 적 없었지만 주변 친척들은 알아서 돈이나 쌀부대를 보내 왔고, 수확기가 되면 콩, 깨, 감자, 고구마, 양파 등의 밭작물을 집으로 가져왔다. 덕순은 사람들의 호의를 굳이 거절하지 않았다. 받은 돈이나 양식으로 아이들을 살뜰히 보살피고, 나머지는 갈무리해서 살림에 보탰다.

덕순이 부업을 시작한 건 남편을 믿지 않았기 때문이었다. 대도시로 이사하기 전, 군청 소재지에서 살던 시절이었다. 읍내 군청의 만년 계장이었던 남편은 월급봉투를 제대로 가져오지 않았다. '기마이' 좋기로 소문난 남편은 술에 취하면 택시를 대절해서 인근 도시를 유람하는 습관이 있었다. 그리고는 어디선가 필름이 끊겨 다시 택시에 실려 되돌아왔다. 월급날이 되면 가깝고 먼 고장에서 다양한 업종에 종사하는 종업원들이 외상값을 받으러 집으로 출동했다. 월급이 남아날 리 없었다. 남편 술버릇의 해악은 한 번 술에 취하면 그런 날이 이삼 일씩 지속된다는 데 있었다. 술이 완전히 깬 다음 날이면 언제 그랬냐는 듯 소심한 공무원으로 되돌아가 다시는 그러지 않으마고 다짐했지만, 남편의 술버릇은 퇴임 후에도 완전히 고쳐지지 않았다.

덕순은 시멘트 마당 한구석에 돼지우리를 짓고, 장날 나온 새끼 돼지 대여섯 마리를 사다 길렀다. 이른 새벽, 새끼 돼지들은 마당 수도꼭지와 연결된 호스의 물줄기로 목욕을 하면서 하루를 시작했다. 목욕을 마친 후엔 전날 저녁 덕순이 하숙 치는 이웃집에서 가져와 펄펄 끓인 음식물 찌꺼기와 사료가 뒤섞인 잡탕찌개로 아침식사를 했다. 이 집 돼지 새끼들은 호강하는구먼. 아침저녁으로 쓸고 닦는 돼지막을 둘러본 이웃들이 말했다. 새끼 돼지들은 무럭무럭 자랐다. 그리고 6개월이 지나면 어김없이 튼실한 암컷이나 수컷이 되어 목돈을 쥐게 했다.

덕순이 수영을 배운 건 태호를 맡아 키우면서부터였다. 딸은 죽고 사위는 신혼의 단꿈에 젖어 있던 무렵, 그리고 얼마 지나지 않아 결혼한 사위가 득남했다는 소식을 들었을 무렵, 아침마다 뱃속에서 활활 천불이 끓어올랐다. 젊디젊은 나이에 상처한 사위에게 짠한 감정이 없지 않은 건 아니었다. 하지만 딸아이 간 지 삼 개월 만에 재혼하고, 재혼한 지 여섯 달 만에 애를 낳은 사위를 덕순은 용서할 수 없었다. 몇 번을 다시 셈해 봐도 딸아이가 사경을 헤매고 있을 때 사위 놈은 연애 중이었다는 결론밖에 나지 않았다.

덕순이 사위의 재혼 소식을 처음 들은 건 사무실 여직원을 통해서였다. 그날 무슨 일인가로 태호 아비에게 전화를 넣었고, 도무지 연락이 닿지 않아 사무실로 전화했던 참이었다. 계장님 지금 신혼여행 중이신데 누구시라고 전할까요? 덕순은 멍해져서 수화기를 그냥 내려놓았다. 잠시 후 태호 아비가 전화를 걸어 왔다. 어머니, 전화하셨네요. 저 지금 출장 왔습니다. 회의 중이라 전화를 받지 못했어요. 덕순은 간신히 대꾸했다. 그런가? 그럼 나중에 이야기하세. 서둘러 전화를 끊고 나서야 온몸이 부들부들 떨려왔다. 사위가 평생 홀로 살아갈 거라고는 생각하지 않았고 원하던 바도 아니었다. 태호를 위해서라도 적당한 때가 되면 새 가정을 꾸려야 했다. 상처한 지 얼마가 지나야 '적당한 때'인지 덕순은 알지 못했다. 하지만 골백번을 다시 생각해 봐도 이런 식은 아니었다.

덕순은 애초에 막내딸의 결혼을 반대했다. 사위를 커피숍으로 불러내 결혼을 허락할 수 없다고 엄포를 놓기도 했다. 띠동갑인 나이 차도 그렇고, 무엇보다도 사위될 사람의 성정이 석연치 않았다. 덕순은 어느 날 젊은 여자로부터 전화를 받았다. 울음 섞인 목소리였지만 여자는 차분하게 상황을 설명했고, 덕순은 나중에 딸아이에게서 같은 이야기를 확인했다. 다른 사람 눈에 피눈물 흘리게 하면 벌 받는다. 덕순은 잘라 말했지만 딸아이는 막무가내였다. 모든 게 자신을 만나기 전에 일어난 일이라 상관없다고 했다. 하지만 덕순의 생각은 달랐다. 앞뒤 맥락 따져보면, 사위가 동거녀를 따로 두고 동시에 막내를 만나 왔던 게 분명했다. 여자는 늦은 밤이면 전화를 걸어 와 흑흑 흐느꼈다. 미칠 노릇이었다. 차라리 여자가 소란이나 행

패를 부렸다면 마음이 개운했을지도 몰랐다. 낮게 억눌린 여자의 울음소리가 아무래도 꺼림칙했다. 여자의 질긴 속정과 사위의 표변, 둘 다 징그러웠다.

남편과 태호가 잠든 새벽, 덕순은 학생회관 지하 수영장으로 향했다. 아파트 앞에서 버스로 다섯 정거장을 가면 수영장에 도착했다. 입장료가 쌌고, 나중에 경로우대 할인을 받으면서부터는 강습료가 거의 무료이다시피 했다.

수영장에는 물이 많고도 많았다. 눈물 한 방울 보탠 데도 끄떡없었다. 발차기를 하다가도, 음 파, 음 파, 호흡연습을 하다가도 덕순은 물속에 들어가 실컷 울었다. 함께 수영을 시작한 젊은 사람들이 모두 중급반 레인으로 옮겨갔을 때에도 덕순은 초급반에 남았다. 입으로 숨 쉬고 코로 내쉬고. 물속 호흡법은 지상의 그것과는 정반대였다. 하지만 뱃속의 천불을 다스리려면, 거꾸로 된 이치를 반드시 익혀야 했다. 태호가 유치원에 다닐 무렵 덕순은 중급반으로 옮겼다. 그리고 초등학교에 들어갈 무렵에는 자배평접, 모두 마스터한 고급반 왕언니가 되었다.

*

태호가 일러 준 슈퍼마켓 앞에서 큰딸과 함께 택시에서 내렸다. 딸이 가게 안에서 수박을 고르는 동안 골목 끝에서 태호가 나타났다.

태호야, 이모랑 같이 왔다.

이모? 어디 이모?

태호가 고개를 두리번거렸다.

어디 이모는! 니 진짜 이모는 딱 한 사람뿐이지.

슈퍼에서 나온 딸이 태호를 보자 호들갑을 떨었다.

이야! 태호 많이 컸네. 다른 데서 만나면 못 알아보겠어! 이게 얼마만이지? 태호 중학교 1학년인가, 그때 이후로 못 본 거 같아.

무르춤하던 태호가 딸을 향해 어색하게 인사했다.

이모 모르겠어? 희준이 형, 희진이 누나, 엄마야. 생각 안 나?

아, 네. 생각나요.

태호가 비위 좋게 웃었다. 팔꿈치에서 걷어 올린 흰색 와이셔츠와 검정색 양복바지를 입은 태호가 앞장서서 걸었다. 골목을 꺾어 들자 원룸 건물 한 동이 나타났다. 어둑한 계단을 올라 3층에 이르자 좁은 복도 양옆에 다닥다닥 출입문들이 늘어서 있었다. 태호가 초인종을 누르자 안에서 문이 열렸다. 며칠 전에 봤던 여자애가 어린것을 안고 나와 인사했다.

좁디좁은 현관에 각종 신발이 흩어져 있었다. 신발장이 없는 탓에 신발이 모조리 나와 있는 듯했다. 현관 벽면에 반투명 플라스틱 박스들이 쌓여 있고, 생뚱맞게도 큼지막한 항아리 단지 두 개가 놓여 있었다. 실내에서 악취가 풍겨 왔다. 냄새의 진원지는 현관 입구에 놓인 100리터짜리 쓰레기 종량제봉투였다. 벌어진 주둥이 사이로 일회용 종이 기저귀, 플라스틱 병, 우유 팩, 신문지 등이 함부로 뒤섞여 있는 게 보였다.

큰딸이 조용히 한숨을 내쉬었다. 덕순 역시 눈앞에 펼쳐진 광경에 입을 다물었다. 밤낮으로 그곳에 놓여 있을 법한 매트리스가 이불과 함께 구석에 깔려 있고, 가구라고는 비닐 옷장, 소형 텔레비전, 반투명 미닫이문 너머의 미니 냉장고가 전부였다. 태호 것으로 보이는 흰 와이셔츠가 옷걸이에서 말라가고 있었다. 바닥에 뒹구는 플라스틱 장난감 몇 개와 곰 인형, 대형 기저귀 봉지가 이곳에 어린애가 살고 있다는 사실을 상기시켰다. 덕순과 딸이 들어서자 실내가 꽉 찼다. 아이가 손님들을 쳐다보며 매트리스 위에서 통통 뛰었다.

승환아, 배꼽 인사!

어미 말이 떨어지자 아이가 허리를 90도로 굽혔다.

아가.

덕순이 팔을 벌리자 아이가 품 안으로 뛰어들었다. 온몸이 찐득했다. 웃통을 벗은 채 기저귀만 차고 있는 아이의 몸을 덕순이 이리저리 어루만졌다. 덕순의 눈길이 애틋했다.

그거, 이리 줘 봐라.

미닫이문 너머에서 수박을 앞에 두고 쩔쩔매는 여자애를 보고 덕순이 부엌칼을 넘겨받았다. 좁은 공간에 비해 수박덩이가 지나치게 컸다. 덕순은 접이식 밥상 위에 수박을 올려놓고 잘랐다.

수박을 한쪽만 잘라야지 이렇게 앞뒤 꼭지 다 잘라 버리면 어떡하냐?

덕순이 지청구했다.

이러니 살림은 어찌 살꼬.

덕순이 수박을 갈무리하는 동안 큰딸이 이것저것 물었다. 원룸은 보증금 백에 월세 삼십오만 원이라고 했다. 태호가 주급을 받는 대로 옷장 위 플라스틱 통에 돈을 넣어 두고, 필요할 때마다 둘이서 꺼내 쓰고 월세를 낸다고 했다.

그럼 저금은 한 푼도 안 한단 말이냐?

덕순이 힐난하듯 묻자 딸이 대꾸했다.

엄마도 참, 이 상황에서 어떻게 저축을 해요?

그래도 그런 게 아니다. 매달 단돈 만 원이라도 저금이란 걸 해야지. 그래야 미래가 있는 법이지.

어른들이 이야기하는 동안 어린것은 바지런히 몸을 놀렸다. 좁은 방과 미닫이문 건너를 정신없이 왔다 갔다 하며 뛰었다. 쉿, 쉿. 여자애가 입술에 연신 손가락을 갖다 댔다. 이웃들이 시끄럽다며 불평한다고 했다. 잠시 주춤하던 아이는 매트리스 위로 올라가 다시 발을 굴렀다.

덕순이 여자애에게 말했다.

이왕 이렇게 됐으니 끝까지 함께 살아야 한다. 너 혹시라도 나중에 집 나갈 거면 아예 지금 나가 버려라.

딸이 얼굴을 찌푸렸다.

엄마도 참, 지금 무슨 말씀 하시는 거예요?

아니다. 내가 오늘 꼭 다짐을 받아야겠다. 혹시라도 이것들이 갈라서면 애는 앞으로 어쩔 것이냐.

여자애가 냉큼 대답했다.

그럴 일 없을 거예요. 저도 엄마한테 상처를 많이 받아서요.

어릴 때 엄마가 집을 나가서 남매가 할머니 손에서 자랐다고 했다. 엄마가 왜 집을 나갔냐고 덕순이 묻자, 바람나서, 라고 여자애가 아무렇지도 않게 대답했다. 덕순이 혀를 찼다.

딸은 엄마를 보고 배우는 법인데.

아이참, 엄마!

큰딸이 덕순에게 핀잔을 줬다.

어째 불쌍한 것들은 꼭 끼리끼리 만날꼬.

덕순이 중얼거렸다.

태호가 자리에서 일어섰다. 출근시간이라고 했다. 입고 있는 흰 와이셔츠와 검정색 양복바지가 출근복인 듯했다. 덕순도 함께 원룸을 나섰다. 현관 밖에서 딸이 핸드백에서 흰 봉투를 꺼내 여자애에게 내밀었다. 고맙습니다. 여자애가 겸연쩍어 하면서도 고개를 숙여 봉투를 받았다. 며칠 전 덕순이 봉투를 건넸을 때에도 여자애는 같은 행동을 했다.

쓰레기는 분리수거 하고, 봉투는 작은 걸 사다가 그때그때 버려라. 썩은 내가 진동하는구나.

덕순의 잔소리가 이어졌다.

*

원룸을 다녀온 후 여자애는 태호가 잠든 낮 시간에 아이를 데리고 덕순을 찾아오곤 했다. 밥상을 차리고 아이의 재롱을 보는 건 즐거웠다. 하지만 어린 손님들이 떠나고 나면 덕순은 은근히 안도의 한숨을 내쉬었다. 이젠 모든 게 힘에 부쳤다. 관절 수술 이후 부실해진 다리를 끌고 장을 보고 음식 준비를 하는 것도, 펄쩍펄쩍 뛰길 좋아하는 투실한 아이를 안아 주는 일도 기력이 달렸다. 점심 무렵에 수영장에서 돌아와 거실에서 고즈넉한 기분을 느꼈던 시간이 그립기까지 했다.

두 번째 방문 때 여자애는 덕순에게 아이를 맡기고 외출했다가 돌아왔다. 외출에서 돌아온 여자애의 얼굴에 광채가 났다. 초롱초롱한 눈망울이 물기를 머금은 듯 반짝거렸다. 옛 친구들을 만났다며 여자애가 조잘거렸다. 그 다음 번에 여자애는 현관에서 아이만 건네주고 나갔다가 돌아왔다. 네 번, 다섯 번. 방문이 늘어날수록 여자애가 외출에서 돌아오는 시간이 차츰 늦어졌다. 그리고 어느 날, 덕순에게 아이를 맡기고 떠난 여자애는 영영 돌아오지 않았다.

덕순은 열한 번째 아이를 키우기 시작했다. 태호는 간간이 전화를 걸어 아이의 안부를 물었다. 할머니, 우리 아들 오늘도 잘생겼어? 덕순의 한숨이 깊어졌다. 이 일을 어찌할거나. 일흔다섯, 덕순의 장탄식이 길게 이어졌다.

불안은 영혼을,

수정은 카페 유리문을 밀고 들어섰다. 학교 순환버스를 타고 종점인 지하철역에서 내려 우두커니 서 있다가 충동적으로 들어선 참이었다. 카페 이름이 블루마운틴이었다. 우울한 산인가, 푸른 산인가, 아니면 커피의 종류인가. 자신도 모르게 떠오르는 생각들에 그녀는 피식 웃었다. 직업 탓인지 일상적인 단어조차 그냥 지나치지 못했다. 비문이라도 눈에 띄면 걸음이 딱 멈춰졌다. 수정은 주문한 커피를 들고 창가 좌석에 가 앉았다. 방금 빠져나온 면접 심사장에서처럼 얼굴이 화끈거렸다. 수정은 양 볼을 손바닥으로 누르며 창밖을 바라보았다. 첫눈이라도 오려나. 검은 구름장이 하늘에 낮게 걸려 있었다.

익숙한 허탈감이 밀려들었다. 정수리에서 발끝까지 순식간에 몸속이 텅 빈 것 같았다. 물은 셀프입니다. 벽에 붙은 안내문에서 조롱기가 느껴졌다. 수정은 당당하게 말하지 못했다. 물은 자아가 아닙니다. 면접 심사장에서 수정에게 던져진 첫

질문은, 결혼은 했습니까? 였다. 당황한 그녀가 얼버무리며 대답하자 학과 홈페이지에서 사진으로 봤던 얼굴이 아이고, 큰일이네, 했다. 이어서 그는 나란히 앉은 다른 세 사람의 면접관들에게 낮은 목소리로 뭐라고 농담을 건넸다. 수정의 귀가 멀지 않았다면, 우리 대학에서는 결혼 안 한 사람은 뽑지 말아야 해, 였다. 대학본부 건물 2층의 심사장을 빠져나온 순간 수정은 저절로 알 수 있었다. 자신이 탈락했다는 사실을. 이번에도 역시 젊고 경쟁력이 있거나 혹은 든든한 네트워크를 가진 누군가를 위한 들러리 역할을 했을 뿐임을.

애초부터 기대를 했던 건 아니었다. 오히려 면접시험 대상자에 자신이 포함됐다는 사실이 의아하기까지 했다. 내세울 것 없는 지방대 졸업장을 가진 마흔을 훌쩍 넘긴 여자였다. 게다가 해당 학교 출신도 아니었고 지원 학과에 안면 있는 교수가 버티고 있는 것도 아니었다. 사람들로 꽉 찬 심사 대기실로 들어섰을 때에야 수정은 자신이 포함된 이유를 알 것 같았다. 계약직 교원의 면접 대상자는 모집 인원의 3배수였다. 다수의 학과에서 채용공고를 낸 탓인지 대기실에는 각양각색의 사람들이 모여 있었다. 수십 년 동안 시간강사로만 떠돌았을 게 분명한 사람들이 맨 먼저 눈에 띄었다. 정수리가 벗어지고 아랫배가 나온 피로에 지친 남자들과 앞머리로 애써 가린 이마의 주름이 무색할 정도로 한눈에도 나이 지긋해 보이는 여자들이었다. 수정은 거울 속 자신의 얼굴을 대면한 듯 흠칫 놀라 고개를 돌렸다. 실내에는 전류가 흐르듯 묘한 긴장감이 팽팽하게 흐르고 있었다.

수정은 창밖에서 시선을 거두어들였다. 차츰 온몸이 떨려왔다. 카페의 탁자와 의자들, 탁자를 사이에 두고 두런두런 이야기를 나누는 사람들, 예고 없이 들려오는 휴대폰 벨소리들. 주변의 모든 것이 가슴을 압박하고 짓눌렀다. 수정은 의자에서 일어섰다가 다시 주저앉았다. 허공에서 쿵쿵 심장 소리가 들렸다.

수첩을 꺼내 날짜를 확인했다. 그에게 전화한 지 7일째, 만난 지는 13일째. 너무 빠르지도 늦지도 않다는 생각이 들었다. 휴대폰 숫자를 누르는 동안 심장은 더욱 거세게 뛰었다.

-아, 예.

그는 짧은 감탄사로 대답했다. 주위가 소란스러웠다. 남자들과 여자들의 웃음소리가 섞여 있었다.

-잘 지내십니까?

정중하게 안부를 묻는 목소리가 사무적이면서도 경쾌했다. 동료들과 회식이라도 하는 걸까. 목소리 톤이 평소보다 한 옥타브 올라가 있었다. 주위에서 다시 왁자한 웃음소리가 터졌다. 통화 중에도 신경은 온통 좌중의 대화에 쏠려 있었는지 그가 허허 하며 따라 웃었다. 수정은 말문이 막혔다. 그녀는 말없이 웃음소리가 그치기를 기다렸다. 웃음을 그친 그는, 조금 있다가 전화할게요, 하고 전화를 끊었다.

어둑어둑한 창밖에서 희끄무레한 것들이 휘날렸다. 카페 실내에서 웅성거리는 소리가 들렸다. 눈이다. 첫눈이다. 짧은 탄성이 들렸다.

이번에 임용지원서를 제출했다는 사실을 그에게 말하지 않았다. 그래서 그는 오늘이 최종 면접일이라는 사실을 몰랐다. 은퇴한 지도교수에게도 알리지 않고 수정은 조용히 지원 절차를 마무리했다. 2년짜리 계약직 강의전담 교원제도는 시간강사 제도를 보완하기 위한 것이 아니었다. 그저 명칭을 달리한 또 다른 시간강사 제도일 뿐이었다. 재계약이 불가능했고 이 년 후엔 계약이 종료됐다. 하지만, 하고 수정은 생각했다. 오늘이 면접일이라는 사실을 알았더라면 그는 좀 더 다정하게 전화를 받았을까. 휴대폰을 들고 왁자한 회식 자리를 벗어나 조용한 장소로 가서 그녀에게 부드러운 위로의 말을 건넸을까.

그는 자주 수정과의 약속을 잊었다. 여보세요? 잘 안 들립니다. 어떤 날은 휴대폰끼리의 교신이 이루어지지 않기도 했다. 여보세요? 잘 안 들리세요? 그가 뒷걸음질친다는 걸 감지할수록 수정은 그에게 더욱 집착했다. 그 순간이 아니라면 영원히 그를 만날 수 없을 것만 같은 초조함에 안절부절못했다. 날 꼭 잡아 주세요. 내 마음의 중심이 되어 주세요. 그가 했던 첫 고백의 순간을 되새기고 또 되새겼다. 며칠 째 연락이 닿지 않던 어느 날, 그녀는 휴대폰에 음성메시지를 남겼다. 저, 수정인데요. 연락이 안 되어서요. 전화 주세요. 그녀는 덧붙였다. 제발. 하지만 다음 날도 그다음 날도 그는 연락하지 않았다. 수정은 다시 전화번호를 눌렀다. 낭랑한 여자 목소리가 들렸다. 네, 이정수 선생님 핸드폰입니다. 수정은 대답하지 않고 재빨리 전화를 끊었다.

조금 있다가 전화할게요. 그는 분명 그렇게 말했다. 수정은 제멋대로 뛰는 가슴을 누르고 읽을거리를 찾아 가방을 뒤졌다. 파일묶음이 손에 잡혔다. 면접 준비를 위해 대학 홈페이지에서 출력한 총장 메시지, 건학이념, 교시 등이었다. 우리 대학교는 새로운 시대에 능동적으로 대처할 지적 창의성을 갖춘 동시에 다른 이를 배려할 줄 아는 따뜻한 마음을 지닌 인재를 양성할 것입니다. 글자들이 제멋대로 춤을 추어 더 이상 읽을 수 없었다. 수정은 뜨거워진 이마를 손바닥으로 눌렀다. 창밖으로 제법 굵은 눈발이 쏟아지고 있었다. 둥글고 흰 눈송이가 낮게 내려앉은 하늘을 뒤덮었다. 카페 손님들 몇몇이 창가에 서서 바깥을 내다보고 있었다.

수정이 마지막으로 면접시험을 치른 건 팔 년 전이었다. 알쏭달쏭한 조건의 일 년짜리 계약직 교원자리였다. 자격요건이 석사학위 소지자 이상이었다. 연봉이 형편없었고 타 대학 강의마저 금지하는 조건이었지만 학과 강사들은 서로에게 쉬쉬하며 지원서를 제출했다. 1차 서류심사에서 걸러진 강사들과 공개강의 대기실에서 마주쳤을 때 수정은 그들을 외면했다.

고개를 숙이거나 눈길을 피하기는 그들도 마찬가지였다. 서로 멀찍이 떨어져 앉아 이미 다 외운 강의 개요를 들여다보고 또 들여다보았다. 공개강의가 끝나고 3차 면접 대상자에 포함되었다는 통보를 받았을 때 수정은 엄마에게 그 소식을 전했다. 서러웠던 세월이 당장이라도 보상된 것처럼 엄마는 눈물 콧물을 찍어 대며 청승을 떨었다. 이제야 우리 딸이 정식 교수가 되는구나. 우리 박사딸이…. 엄마는 대학에서 강의하는 사람은 모두 교수이고, 대학원에 다니는 사람은 모두 박사라고 생각했다. 석사학위를 받은 수정이 몇 년째 이곳저곳으로 강의를 하며 돌아다닌다는 사실을 아는지 모르는지, 우리 교수님, 우리 박사님, 하고 딸을 불렀다.

언젠가 수정이 강사와 교수의 차이점에 대해 설명하려 들자 엄마는, 나도 텔레비전 봐서 다 안다. 넌 비정식 교수라는 거지? 하고 말했다. 수정은 피식 웃었다. 대학노조에서 사용하는 비정규교수라는 호칭과 엄마가 말한 비정식 교수가 닮아서였다. 수정은 비정규교수노조회에 가입하지 않았다. 그래서 뭘 어쩌자는 건가. 힘없는 강사들끼리 뭉쳐서 시간당 천 원, 이천 원쯤 강의료를 올려 본다 한들 근본적인 처우가 달라지지는 않을 것이었다. 어쩌다 타 대학 시간표와 중복되어 할당된 강의를 거절이라도 하는 날이면, 그 학교와의 인연은 그걸로 끝장인 게 강사 인생이었다. 학기말 성적 입력이 끝나기가 무섭게 다음 학기 강의를 위해 동아줄이 될 만한 교수를 찾아가 머리를 조아리고, 가끔은 노래방에서 학과교수를 오빠, 오빠, 라고 부르는 제자들 틈에 끼어 유행하는 걸그룹의 최신 노래를 합창하는 데에 합세해야 했다.

팔 년 전 최종면접에서 탈락했을 때, 수정은 더 이상 박사과정 입학을 미룰 수 없다는 걸 알았다. 수술을 아무리 잘해도 면허증 없으면 돌팔이 의사로 불릴 뿐이야. 하루하루 얼굴 주름 늘어 가지. 글로벌한 배경 갖춘 후배들 치고 올라오지. 우선 쯩이 필요해. 쯩! 하고 외치는 선배의 충고를 뒤늦게 새겨들어서가 아니었다. 외국 학위나 수도권 학위가 아닌 한 미래를 기약할 수 없다는 사실쯤 잘 알고 있었다. 그저 기력이 부족했다. 수년간 해 온 강의가 아니라면 도대체 뭘 해서 생계를 유지해야 하는지 알지 못해서였다. 수정에게는 물이 흘러내리는 방향을 차고 거슬러 올라갈 그 무언가가 부족했다. 더욱이 애써 물결을 뒤집어 거슬러 올라간다 한들 도대체 어느 방향 어떤 장소로 나아가야 한단 말인가.

초등학교를 졸업한 게 학력의 전부인 엄마는 어린 수정이 설거지라도 거들라치면 손을 휘휘 내저으며 부엌에서 내몰았다. 넌 공부나 해라. 이깟 살림, 해도 그만 안 해도 그만. 덕분에 수정은 세상물정 모른 채 오로지 공부만 했다. 중학교 시절, 선생들은 참고서 몇 개를 짜깁기해 시험문제를 출제했다. 수정은 참고서의 문제와 답을 완벽하게 외웠다. 취약했던 수학 역시 문제와 답을 통째로 외우는 방법을 택했다. 하지만 고등학교에 진학한 후부터 수정은 더 이상 전교 일등의 명예를 누릴 수 없었다. 과목마다 참고서의 종류가 열 몇 가지가 됐고, 애써 구한 시험지 족보의 분량도 엄청나게 많았다. 도대체 선생들이 시험문제를 어디 어디에서 베끼는지 도저히 파악할 수 없었다. 중학교 시절에 경험한 전교 일등의 영광은 수정에게 엄청난 스트레스를 안겨 주었다. 성적에 대한 열등감과 자괴감에 빠져 있느라 여전히 세상물정과 집안 사정에 어두웠다. 내신 삼 등급으로 지방 국립대에 입학했을 때 상고를 졸업한 후 은행에 취직했던 오빠는 대리가 되었다. 수정이 대학을 졸업할 무렵 오빠는 다니던 은행에서 명예퇴직했다. 수정은 오빠의 퇴직금 일부를 대학원 입학금으로 냈다. 엄마는 여전히 말했다. 넌 공부나 해라. 이깟 살림, 해도 그만 안 해도 그만.

엄마가 중학교라도 졸업했더라면, 오빠가 상고 대신 인문계 고등학교에 진학해서 대학을 다녔더라면, 엄마가 수정에게 끊임없이 헛된 희망을 불어넣지 않았더라면, 팔 년 전 수정이 면접시험에서 불합격하지 않았더라면, 서른 중반을 넘긴 그해 가을 그녀가 유난히 우울한 심사에 사로잡히지 않았더라면…. 만약 그랬더라면 수정은 뒤늦게 모교의 박사과정에 입학하지 않았을 것이고, 그해 갓 임용된 그를 만나게 되지 않았을 것이다.

그는 끝내 전화를 걸어 오지 않았다. 물은 셀프입니다. 벽에 붙은 문장이 저희들끼리 쑥덕거리며 수정을 비웃었다. 이즈음 뒤풀이 자리에 모인 학과 강사들이 자신을 안주 삼아 씹어 댄다는 걸 수정은 알고 있었다. 사람들이 자신을 스토커라고 부른다는 사실도. '얌전한 고양이 부뚜막에 먼저 오른다'는 고전적이고 점잖은 비유였다. '권력 지향형의 해바라기'는 은유적이었다. '전도유망한 젊은 교수한테 들러붙어 앞날을 가로막는 찰거머리'가 가장 상상력이 빈약했다. 상대를 위하는 척 술자리에서 오간 대화를 생생하게 전달하는 동료 강사에게 니들이 도대체 뭘 아느냐고 수정은 항의할 수가 없었다. 그저 상대방을 쳐다보다가 얼굴을 돌리는 수밖에 없었다.

온몸의 기운이 스멀스멀 빠져나갔다. 카페 벽면에 붙은 문장은 여전히 수정을 내려다보며 비웃었다. 물은 자아입니다. 수정은 그 누구에게도 당당하게 말하지 못했다. 물은 자아가 아닙니다, 라고.

*

정수는 뿌연 담배 연기 사이로 그녀를 바라보았다. 그녀의 상체가 흐릿한 실루엣으로 뭉개졌다. 후, 하고 그는 담배 연기를 내뿜었다. 그녀가 다시 흐릿해졌다. 이런 순간의 그녀가 가장 좋다고 정수는 생각했다. 현실세계에서 뚜렷하게 느껴지지 않는 존재감이야말로 그가 진정으로 원하는 그녀의 무게였다.

그녀에게 말한 적 없지만 정수는 삼 년 전에 담배를 끊었다.

동료 교수나 친척들 사이에서 그는 성공적으로 금연을 실천한 인물로 꼽혔다. 하지만 그녀를 만날 때마다 그는 편의점에 들러 담배를 샀다. 어쩔 수 없었다. 등을 곧추세우고 초조한 얼굴로 상체를 45도 각도 앞으로 기울이는 그녀를 바라보고 있노라면 담배 생각이 간절해졌다. 그녀와 헤어져 집으로 돌아갈 때면 정수는 미련 없이 담뱃갑을 쓰레기통에 던졌다.

-미안해요.

정수는 어제 일을 사과했다. 그녀와의 약속이 생각난 건 저녁 식사를 마치고 딸아이와 막 모노폴리 게임을 시작하려던 참이었다. 아차, 싶었다. 하지만 모처럼 일찍 퇴근한 아빠에게 칭얼거리며 매달리는 아이를 실망시키고 싶지 않았다. 주방에서 설거지를 하면서 간간히 거실 쪽을 바라보며 미소 짓는 아내도 무시할 수 없었다. 주사위를 굴려 땅을 매입하고 건물을 짓고, 파산에 대비해 여유자금을 마련하는 데 골몰하는 동안 찜찜하고 개운치 않은 기분은 곧 사라졌다.

그녀는 탁자 위의 물을 단숨에 들이켰다. 정수는 죄책감으로 가슴이 쓰라렸다. 누구라도 이런 모습의 그녀와 마주 앉는다면 자신의 죄를 용서받고 싶어질 것이다. 온 우주에 단 한사람만이 존재한다는 듯 열렬히 상대에게 집중하고, 깊은 갈증을 달래느라 쉴 새 없이 물을 들이키는 그녀. 순간, 뜨거운 충동이 정수의 전신을 훑고 지났다. 온몸의 핏줄기가 다리 사이로 쏠렸다.

그녀가 다시 물컵을 비웠다.

-전화하지 그랬어요? 안 오면 전화를 해야지 무작정 기다리기만 하면….

-그래요?

핼쑥해진 그녀의 얼굴을 본 순간 아차 싶어 입을 다물었다. 정수는 근무시간 외에 걸려 오는 그녀의 전화를 받지 않았다. 처음엔 별 다른 뜻이 없었다. 퇴근 후 집에서 몇 번, 저녁 식사를 겸한 회식자리에서 몇 번, 불편했던 순간에 전화를 받지 않았을 뿐이었다. 그 후 그녀는 평일 근무시간에 그것도 주로 학교 내선번호로만 전화를 걸어 왔다. 주말이나 휴일에 연락하는 일도 없었다.

그녀와의 관계가 이렇게까지 진전되리라고는 전혀 예상치 못했다. 나이가 불과 두 살 아래라고는 해도 그녀는 엄연히 제자였고, 그가 학위 논문심사를 맡았던 학생이었다. 그녀가 뒤늦게 박사과정에 입학하던 해, 정수는 어렵사리 모교에 자리를 잡았다. 서른아홉에 모교의 정년트랙 전임강사로 임용된 건 천운이었다. 사실, 정수 편에서도 모든 노력을 다했다. 유학 중에도 지도교수는 물론 학과의 다른 교수들과도 긴밀한 관계를 유지했고, 귀국 전후로는 각종 학회지에 미친 듯이 논문을 발표해서 임용에 유리한 조건을 만들었다. 귀국 후 정수는 2년 가까이 지방 학회의 총무간사 자리를 두 개나 맡았다. 교수들의 편의를 봐주며 그들의 논문 위주로 학회지를 발간

했고, 학회 세미나 일정이며 발표자 선정, 학회비 독촉 이메일, 다과 준비와 청중 동원까지, 온갖 뒤치다꺼리며 자질구레한 일을 도맡아 했다. 아내의 역할도 빼놓을 수 없었다. 망설이는 정수의 등을 떠밀어 미국 유학을 강행하게 했고, 혼수 대신 가져온 넉넉한 자금으로 딸아이를 키우며 그의 유학 뒷바라지를 했다. 귀국 후에는 지도교수 댁을 들락거리며 집안 청소며 김장까지 거드는 눈치였다. 아내가 없었다면 임용은 영영 불가능한 프로젝트가 되었을 거라고 정수는 종종 생각했다.

임용 첫해, 학술 세미나를 겸한 하반기 대학원 신입생 환영회에서 정수는 그녀를 처음 보았다. 눈에 띌 만한 외모가 아니었고, 신입생들이 돌아가며 자기소개를 할 때 말투도 어눌한 편이었다. 한 가지, 본교 학부 출신이라는 점이 기억에 남았다. 정수보다 두 학번 아래이니 오래전 캠퍼스에서 한 번쯤 마주쳤을 법도 했다. 신입생들 중에는 그녀처럼 나이 든 여자들이 많았다. 지방대 대학원의 고령화와 여성화 현상은 실로 우려할 만한 수준이었고, 이공계보다는 당연하게도 인문사회계에서 점점 늘어나는 추세였다. 직장을 다니다 실직했거나 이런저런 이유로 대학원 간판이 필요해서 입학한 경우는 그나마 다행이었다. 남편에 대한 성적 불만을 학문에 대한 갈증이라고 착각하는 여자들의 경우가 가장 나빴다. 필요한 건 대학원이 아니라 남성 호르몬이 풍부한 건강한 애인이라고 말해 주고 싶을 지경이었다. 꽃무늬 원피스를 차려입은 나이 든 여자가 '예쁘게 봐주세요'라고 인사말을 했을 때 정수는 저도 모르게 고개를 돌렸다.

그녀는 매 학기 정수가 강의하는 교과목을 빠짐없이 수강했다. 일 년 단위로 비슷비슷한 전공강좌를 개설하는 게 학과의 관례였지만, 정수는 그녀가 박사과정에 있었던 4학기 동안 매 학기 새로운 교과목을 강의했다. 학과에서는 초임 교수의 열정쯤으로 여기고 오히려 격려하는 분위기였다.

어쩔 수 없었다고 정수는 이따금 생각한다. 강의시간마다 자신을 똑바로 응시하며 깊고 깊은 갈망의 눈길을 던지는 그녀를 어떻게 거부할 수 있었단 말인가. 강의시간이 되면 쿵쿵 가슴이 거세게 뛰었다. 사막처럼 건조했던 유학생활과 임용을 앞두고 전쟁터를 누비는 듯한 긴장 속에서 살았던 세월이 한꺼번에 보상받는 기분이었다. 그녀와 함께 있으면 자신이 세상에서 가장 존귀한 자가 된 것 같았다. 지방대 학부 출신이라는 콤플렉스도, 임용 전 다른 교수들에게 애완용 강아지처럼 굴며 딸랑기렸던 치욕의 기억도, 막강한 배경의 처가에 짓눌려 남모르게 다쳤던 가슴속의 결도 서서히 치유되는 것 같았다. 자신을 교주로, 신앙으로 여기는 여자가 지상에 꼭 한 사람쯤은 존재해야 하는 건지도 몰랐다.

인간은 본능적으로 자신에게 매혹당한 상대에게 매혹된다고 정수는 생각하게 되었다. 혹시 인간이 가장 매혹당하는 상대는 바로 자기 자신이 아닐까. '사랑은 리비도의 집중', '사랑은 오인'이라는 정의들 역시 아마도 옳을 것이다. 그녀를 만나고부터 정수는 사랑에 관한 모든 어지러운 논리들을 수긍하게 되었다.

정수는 다리를 꼬고 새 담배에 불을 붙였다. 의자 등받이에 상체를 깊숙이 밀어 넣고 서서히 연기를 내품었다. 가벼운 현기증이 일었다. 오늘만큼은 식사나 드라이브 따위를 생략하고 곧장 도시 외곽의 호텔로 가고 싶지만 당장 어제 일을 사과하고 매듭짓는 게 급선무로 보였다.

정수는 종종 그녀와의 약속을 잊었다. 전화하기로 해 놓고 깜박 잊는다거나, 어제처럼 만나기로 한 약속 자체를 까맣게 잊어버리는 일도 생겼다. 내가 왜 이러지? 정수는 즉시 반성했으나 건망증은 좀체 나아지지 않았다.

-사람이 기다리잖아요. 걱정도 되고….

-언제까지… 있었어요?

-12시. 커피숍 문 닫을 때까지요.

그녀는 몇 마디 경제적인 말로 자신을 표현할 줄 알았다. 문장의 사이사이, 또는 토막 난 단어 몇 개만으로 자신의 의중을 정확히 전달했다. 간혹 전화를 걸어 놓고 말을 더듬는다거나 숨소리만 낸다거나 할 때가 있었는데, 그건 이를테면 그녀 식의 대화법이었다. 보고 싶다, 지금 만나고 싶다는 의미였다. 다른 여자들처럼 콧소리를 내거나 감정을 과장하지 않고도 뜨거운 감정을 표현하는 그녀가 정수는 사랑스러웠다. 에둘러 말하거나 꾸밈말을 할 줄 모르는 그녀의 어법은 이제는 얼굴도 목소리도 지워져 버린 여자, 영은의 어법이기도 했다.

-요즘 정신이 좀 없어요. 알다시피 프로젝트가 걸려 있고, 이달 말까지 논문도 보내야 하고.

-….

오늘따라 그녀의 굳은 표정이 쉽게 풀리지 않는다. 최근 들어 비슷한 실수를 반복했기 때문인 것 같았다. 이상한 일이었다. 그녀를 만날 때마다 다시는 마음 아프게 하지 말아야지 다짐하고 또 다짐하지만, 일상으로 복귀하는 순간 그녀에 대해 깡그리 잊어버리는 일이 잦았다. 그렇게 까맣게 잊고 있으면 그녀가 전화 연락을 해 왔고, 아차, 하며 약속장소를 정했다. 어쨌든 그녀의 기분을 풀어주어야 했다. 정수는 화제를 돌렸다.

-참, 최희원 씨와는 자주 연락하나요?

-네.

-통화한 적이 있어요. K씨 전화번호 좀 알아보려고.

-걘 잘 모를 텐데요.

-네. 잘 모르더라고요.

-희원이와 얘기는 좀 했어요?

그녀가 무표정한 얼굴을 들어 정수를 바라보았다. 동공이 텅 비어 있었다. 정수는 깜짝 놀라 시선을 피했다. 저 표정, 이라고 정수는 생각했다. 상대에게 무섭게 집중하다가도 어느 순간 세상의 모든 끈을 탁 놓아 버린 듯 무심해지는 저 표정. 얼굴도 목소리도 희미해졌지만 가슴 저미는 표정으로 뇌리에 박혀 있는 여자, 영은에게서 보았던 낯익은 표정이었다. 정수는 그녀의 얼굴에서 영은의 표정을 보게 될 때마다 죄책감에 시달렸다. 자신의 죄를 용서받고 싶었다.

-벼, 별로요. K씨를 잘 모르는 것 같아서, 그, 금방 끊었죠.

정수는 황급히 고개를 숙이고 후식으로 나온 커피를 마셨다. 그날 왜 하필 최희원에게 전화했는지 스스로도 이유를 알 수 없었다. K씨 전화번호라면 지역 미술협회 홈페이지에 접속하는 게 더 간단했을 것이다. 그런데 갑자기 최희원이 머릿속에 떠올랐고, 뭔가에 홀린 듯 그녀의 명함을 부랴부랴 찾아내서 전화를 걸었다. 서양화를 전공한 최희원은 작년에 예체능협동과정 대학원에 입학했다고 했다. 서른 살이었고 분위기가 꽤 독특했다. 뭐랄까. 길들여지지 않은 야생동물 같다고나 할까. 눈에 띄게 예쁘거나 날씬하지 않았지만 착 달라붙는 원색의 민소매와 미니스커트를 과감하게 입을 줄 알았고, 그런 이유로 남자들을 사로잡는 성적 매력을 풍겼다. 배를 타고 올라앉은 절정의 순간 어떤 표정을 지을까, 궁금증을 불러일으키는 여자였다. 목덜미에 코를 박으면 뽀송하고 비릿한 애완동물의 터럭 냄새가 날 것 같은 여자였다.

-키가 작죠?

정수는 최희원을 눈앞에 떠올리며 물었다.

-네. 저보다 작아요.

그녀가 한 손을 들어 귀 언저리에 갖다 댔다.

-요즘 어떻게 지낸대요?

정수는 최희원의 근황에 대해 물었다. 도시 근교의 식당에서 만나 식사를 하고 커피를 마시는 동안 처음으로 어색한 분위기를 떨쳐 낼 수 있었다. 정수의 목소리가 흥분으로 가볍게 떨렸다. 손짓 발짓이 과장되게 움직였다. 최근에 열었던 개인전이 평단의 주목을 받지 못 해 최희원이 의기소침해 있다는 소식을 들었을 땐 아아, 그랬군, 나직이 탄식하며 한숨을 내쉬었다.

-작년에 J시 학회에서 최희원 씨를 처음 만났어요. 참, 그때 J시 학회에 왔었나요?

-…?

그녀가 창백한 얼굴로 정수를 물끄러미 바라보았다. 정수는 그제야 아차, 하고 깨달았다. 작년 가을, J시 학회에서 첫날 일정을 마친 뒤 정수와 그녀는 남몰래 J시를 빠져나갔다. 모처럼 둘이서만 온전히 밤을 보낸 날이었다. 흥분 때문인지 뭔지 모를 서러움 때문인지 그녀는 자다가 깨어나 울음을 터트렸다. 정수는 그런 그녀를 정성껏 애무하고 사랑했다. 다음날 정수는 J시로 돌아가 학회의 둘째 날 행사에 참석했고, 그녀는 곧장 P시로 돌아갔다.

고개를 숙인 그녀는 말이 없었다. 내부 깊숙한 곳으로 우울하게 가라앉은 그녀의 모습이 애처로웠다. 정수는 어떤 식으로든 그녀에게 상처를 주고 싶지 않았다. 그런 마음은 아내나 딸아이에게도 결코 상처를 주지 않겠다고 결심했던 것만큼이나 순수한 그의 진심이었다. 그녀는 그동안 완벽한 연인이었다. 누가 누구의 숨은 연인인지 전선줄처럼 복잡하게 얽혀 있는 세상에서 그녀는 정수를 향해 줄곧 투명했다. 끊임없이 그의 기분을 살폈고, 조금이라도 싫은 기색을 내비치면 그것이 무엇이든 즉시 포기했다. 하지만 그녀의 열정과 집중이 귀찮고 부담스럽기도 했다. 무릇 인간관계란 일정한 거리와 속도를 유지해야 하는 건지도 몰랐다. 그녀를 만나는 횟수가 거듭될수록 정수는 자신도 모르게 그녀에게 점점 무신경해졌다.

그녀는 고개를 숙이고 침묵을 지키며 앉아 있었다. 정수는 답답했다. 차츰 짜증스런 기분이 치밀어 올랐다. 그는 탁자에 놓인 계산서를 집어 들고 출입문으로 향했다. 계산을 마치고 뒤돌아봤지만 그녀는 미동도 하지 않고 자리에 앉아 있었다. 정수는 얼굴을 찡그리며 그녀를 쳐다보았다. 다음 순간 그는 망설임 없이 식당 유리문을 밀고 나갔다.

*

수정이 추락하는 여자를 목격한 건 늦가을의 어느 날이었다. 낯선 건물의 10층 화장실에서 그에게 휴대전화를 건 직후였다. 그날 수정은 처음으로 창문 아래로 뛰어내리고 싶은 충동을 느꼈다. 압사 직전의 감정 상태가 될 때마다 수정은 구원자에게 매달리듯 그를 찾았다. 증상은 생리주기처럼 일정한 사이클을 두고 찾아왔다. 하지만 시간과 장소를 예측할 수 없었다. 갑자기 손발을 움직일 수 없을 정도로 허탈해지고 무력감이 엄습했다. 기운이 다 빠져나가 버린 전신은 축 늘어졌다. 이마에 땀이 솟고 심장이 쿵쿵 뛰었다.

간밤 꿈에도 수정은 그를 찾아 헤맸다. 꿈속인데도 현실의 어느 순간처럼 그에게 연락이 닿지 않았다. 수정은 휴대폰을 꺼내 번호를 눌렀다. 하지만 아무리 해도 연결이 되지 않았다. 곧 파티가 열릴 거라고 했다. 파티의 주인공은 바로 그였다. 하지만 수정은 초대장을 받지 못했다. 컴퓨터를 켜서 몇 번이고 이메일을 확인했지만 그가 보낸 초대장은 도착하지 않았다. 초대받지 못했다는 사실을 깨닫고 수정은 서럽게 울었다. 눈물로 베개가 축축해졌다. 불안과 동요를 수신하는 부담감. 초대장 대신 그가 수정에게 보낸 이메일 내용이었다.

보도블록에 샛노란 은행잎이 지천으로 깔려 있었다. 오가는 행인들 발에 밟히며 누워 있는 은행잎들이 꼭 자기 자신인 것만 같았다. 수정은 무작정 낯선 건물로 들어갔다. 계단을 따라 올라가다가 정신을 차려 보니 10층 여자 화장실이었다.

수정은 수첩을 꺼내 날짜를 확인했다. 그에게 전화한 지 4일째, 만난 지는 7일째. 너무 빠르지도 늦지도 않다고 서둘러 생각했다.

신호음이 다섯 번 울린 후 그가 전화를 받았다. 휴대폰 화면에 발신자가 뜰 텐데도 여보세요, 했다. 뜨겁게 소용돌이치던 내부의 격랑이 그의 음성을 듣자 거짓말처럼 조용히 가라앉았다. 수정은 신경을 집중했다. 화장실은 고요했고 심장소리만이 쿵쿵 울렸다. 날 좀 도와줘요, 라고 말하는 대신 수정은 말을 더듬었다. 저, 지금 잠깐, 보, 볼 수 있어요? 어이없다는 듯 그가 허허 웃었다. 지금 일하는 중입니다만. 건조하고 사무적인 목소리가 들려왔다. 수정은 알겠다고 대답했다. 그는 다음에 통화하자며 전화를 끊었다.

폭발 직전의 뜨거운 엔진처럼 심장이 빠른 속도로 뛰었다. 수치심과 모멸감이 더해진 자신의 무게를 수정은 더 이상 견딜 수 없었다. 존재가 거추장스럽기만 했다. 수정은 화장실 창문을 향해 빠르게 내달렸다. 창문은 허리께에 맞춤하게 걸렸다. 창문 바깥으로 무표정한 늦가을 풍경이 펼쳐져 있었다. 수정은 창밖으로 상체를 내밀었다. 반짝, 발뒤꿈치를 들었다.

순간, 눈앞으로 희뿌윰한 뭔가가 떨어져 내렸다. 아아아아. 여자의 비명소리였다. 목청을 찢고 존재가 파열되어 터져 나오는 소리. 허공을 가르는 길고 긴 외침이 보도블록 한가운데로 떨어졌다. 길을 오가던 사람들이 비명을 질렀다. 자동차가 급브레이크를 밟았다. 사거리 저편에 서 있던 교통경찰이 현장을 향해 뛰었다.

분명히 은행잎이었어. 수정은 창문에서 상체를 거둬들이며 중얼거렸다. 추락하는 여자를 따라 느릿느릿 팔랑거리며 하강하던 나뭇잎 하나. 황금빛 부챗살 안에 촘촘히 뻗어 있는 잎맥을 그녀는 두 눈으로 똑똑히 보았다. 수정은 바닥에 주저앉았다. 멀리서 경찰차와 구급차의 사이렌 소리가 요란하게 들렸다. 수정은 화장실 문을 밀치고 안으로 뛰어 들어갔다. 변기 위에 고개를 수그리고 속엣것을 모조리 게워 냈다.

그가 아니면 안 된다고 수정은 오랫동안 믿어 왔다. 그가 아니라면 그 무엇으로도 치유할 수 없는 고통이라고 생각했다. 그렇게 그를 만나는 동안 수정은 스스로를 비하하는 방법을 터득해 갔다. 자신을 길거리의 돌멩이만도 못한 존재라고 여겼고, 그런 깨달음에 분노를 느꼈다. 수정의 분노는 자신의 심장을 겨냥했다. 그를 만나기 전, 그러니까 5년 전에는 자신이 평범한 일상의 행복을 누렸다는 사실을 수정은 기억하지 못했다. 그녀는 자신의 뿌리가 서서히 뽑히는 중이라는 걸 알았다. 수정의 증세는 해가 기듭될수록 악화되었다.

–통화한 적이 있어요. K씨 전화번호 좀 알아보려고.

그가 희원에 대해 얘기했을 때 수정은 심장이 벌어지는 듯한 통증을 느꼈다. 희원으로부터 벌써 들었던 내용이었다. 계속 러브콜을 보내더라구. 별말 없이 끊긴 하던데, 아마 다른 구실을 찾아 곧 다시 전화하겠지. 희원은 남자들의 시선을 사로잡는 법을 알았다. 그들의 욕망을 자극하거나 제어하면서 세상에 대한 자신감을 키워 갔다. 수정이 말한 적 없지만 희원은 그와 수정에 대한 소문을 알고 있을 것이었다. 하지만 두 사람의 관계가 어떻든 자신과는 상관없다고 여기는 것 같았다. 수정은 기묘한 혼란에 빠져들었다. 당장 희원의 두 눈을 뽑아 버리고 싶을 정도로 질투심에 불타올랐지만 한편으론 연인이 된 두 사람의 관계를 자꾸만 머릿속으로 상상했다. 둘의 관계를 상상하는 것만으로도 활활 타오르는 불길 속에 던져진 것처럼 몸과 마음이 고통스러웠다. 불길의 직경은 차츰 확장되었다. 수정은 아슬아슬한 벼랑 끝으로 자신을 점점 몰고 갔다.

*

정수가 집에 돌아왔을 때 아내는 주방 식탁에서 딸아이에게 물리를 가르치고 있었다. 왔어요? 아내는 그를 힐끗 쳐다본 후 아이에게 곧장 눈길을 돌렸다. 정수와 눈이 마주친 딸아이는 시무룩한 표정으로 고개를 꾸벅했다. 다녀오셨어요? 아내가 딸아이의 등을 툭툭 쳤다.

-그러니까 광전효과는 빛이 입자라는 것을 알려 주는 가장 대표적인 케이스인거야. 자. 다시 한 번 정리해 보자. 광전효과가 뭐라고 했지?

하품을 하던 아이가 울 듯한 표정으로 대답했다.

-금속 표면에 빛을 쪼였을 때… 표면에서 전자가 튀어 나오

는 현상으로….

아내의 얼굴에 광채가 돌았다.

-그렇지! 빛이 파동이 아니라 입자라는 거지! 자, 봐. 이로써 아인슈타인의 광양자설이 설득력을 얻고 입증된 거야.

딸아이는 여전히 울 듯한 얼굴표정이었다. 이제 겨우 초등학교 5학년생이었다. 그런 아이에게 아인슈타인 이론이라니. 정수는 한숨을 쉬고 안방으로 향했다. 등 뒤에서 아내의 쨍쨍한 목소리가 들려왔다. 아인슈타인이 노벨상을 받은 건 상대성 이론 때문이 아니라 바로 이 광양자설 때문이었어. 정수는 방문을 탁 닫았다. 아내의 목소리가 끊겼다. 재킷과 바지를 벗어 옷장에 걸고 안방 욕실로 들어갔다. 샤워를 마친 후 다시 거실로 나왔을 때에도 아내와 딸아이는 여전히 주방 식탁에 앉아 있었다.

-12시 넘었는데, 애를 그만 재우지?

아내는 정수의 말에는 대꾸하지 않고 아이의 등을 툭툭 쳤다.

-그러니까 빛은 파동이기도 하고 입자이기도 하다는 거야. 빛의 이중성이지. 자연 자체로 봤을 땐 모든 게 다 이중성을 갖고 있다고 볼 수 있어.

초등학교 5학년생에게 고등학생 수준의 물리를 끈덕지게 주입하는 아내를 보면 혀가 내둘러질 지경이었다. 물리뿐만이 아니었다. 삼 년 전부터 과학전문 학원에 다니는 딸아이는 화학, 생물, 지구과학도 함께 공부하고 있었다. 아내는 치밀했고 용의주도했으며 끈기마저 있었다. 지난 3년 동안 단 하루도 거르지 않고 딸아이가 학원에서 배운 내용을 그날 밤에 복습시켰다.

아내는 뭔가에 집착하지 않고는 단 하루도 살 수 없는 여자였다. 아이가 태어나기 전 그녀의 관심은 정수의 학위 취득과 임용에 집중되었다. 유학 시절, 아내는 끊임없이 정수를 닦달했다. 자신의 결혼 자금이 바닥나기 전에 정수가 하루 빨리 학위논문을 마치고 귀국해야 한다고 압박했다. 장인과 장모, 처형과 처남도 마찬가지였다. 아내를 고생시킨다며 정수를 죄인 취급했고, 가난하고 보잘것없는 그의 집안을 대놓고 무시하거나 빈정거렸다. 아내의 집착은 도를 넘는 순간이 많았다. 소파에서 잠시 쉬고 있을 때마다 그렇게 늘어져 있으면 논문은 언제 쓸 거냐고 일갈했고, 논문에만 힘을 집중해야 한다며 잠자리를 거부하기까지 했다.

정수가 임용된 후 아내의 관심은 딸아이에게로 옮겨갔다. 특목고를 거쳐 이른바 스카이 대학에 입학시킨 후 최종적으로는 의학전문 대학원에 보낸다는 게 아내의 플랜이었다. 정수는 때때로 아내가 섬뜩했다. 주방 그릇은 로얄알버트가 아니면 안 되고, 마시는 차는 아삼이나 다즐링 산이어야 하고, 액세서리는 반드시 티파니여야 하는 그녀의 집착과 집념에 진저리가 쳐졌다. 언제부터인지 아파트 현관을 들어서면 숨이 막혔다. 아내의 눈빛과 행동거지에 소름이 돋기도 했다. 간혹 궁금하기도 했다. 자신을 향한 아내의 주도면밀한 플랜은 과연 언제부터 시작된 것이었을까 하고.

아내는 첫사랑이었던 영은의 단짝이었다. 영은은 매사에 치밀하고 완벽한 아내와는 정반대의 여자였다. 조용하고 말수가 적고 극도로 소심했던 여자. 부유한 집안의 친한 친구에게 첫사랑을 빼앗긴 여자. 결혼 후 정수는 한동안 아내를 볼 때마다 영은을 떠올리곤 했다. 그녀라면 지금 이 순간 이렇게 행동하겠지. 이런 말을 했겠지. 결혼 후 얼마 후에 영은이 교통사고로 죽었다는 말을 전해 들었을 때 정수는 큰 충격을 받았다. 자신이 살인자라고 느껴졌고 그녀의 영혼이 자신의 주변을 맴돌고 있을지 모른다고 여겨졌다. 하필이면 수정은 영은과 닮은 점이 많았다. 수정과 처음으로 단둘이 저녁식사를 하던 날, 그녀에게 첫사랑과 닮았다고 주절거리다가 급기야 눈물을 쏟기까지 한 건 상대를 옭아매기 위한 허튼 수작만은 아니었다. 그래요? 제가 첫사랑과 닮았어요? 하고 수정은 배시시 웃었다. 그녀는 이런 말도 덧붙였다. 그렇다면 제가 이제부터 그분이 되어야겠군요.

연방 하품을 해대는 딸아이는 정수와 눈이 마주치자 무언의 구조신호를 보냈다. 정수는 어깨를 으쓱하며 난처하다는 표정을 지었다. 세상 그 누구도 아내의 집념과 의지를 꺾을 수 없었다. 딸아이 역시 그 사실을 잘 알고 있었다. 아빠에게 잠시 어리광과 투정을 부려 보는 것뿐이었다. 정수는 두 팔을 머리 위로 올려 하트모양을 만들어 보이는 것으로 아이를 위로하고 서재로 들어갔다. 컴퓨터의 전원을 켜고 작업 중이던 파일을 불러내 인용문을 옮겨 적었다. "나는 아무것도 설명할 수 없으며, 특히 내 자신을 설명할 수 없다. 내가 보건데 모든 존재는 죄로 물들어 있다. 그중에서도 내 자신은 더욱 그렇다…"

*

수정은 카페 유리문을 밀고 들어섰다. 실내를 한 바퀴 휘둘러봤지만 그의 모습은 보이지 않았다. 당연한 일이었다. 전화를 걸어 약속을 받아내는 사람도, 약속 장소에 먼저 도착하는 사람도, 기다리다가 종종 혼자서 집으로 돌아가는 사람도 언제나 수정이었다. 그가 약속을 잊어버릴 때마다 수정은 지옥과도 같은 과정을 되풀이해서 겪었다. 하지만 그의 얼굴을 본 순간, 그 모든 고통은 거짓말처럼 눈앞에서 사라지고 잊혀졌다. 그는 꿈과 현실의 경계에 존재하는 사람이었다. 꿈에서도 현실에서도 수정은 온전히 그를 붙잡지 못할 것이었다. 하지만 그런 그가 존재하지 않는다면 꿈에서도 현실에서도 자신은 결코 살아갈 수 없을 것이라고 수정은 스스로를 타일렀다.

집을 나서기 전, 수정은 면접에 응시한 대학의 홈페이지에서 최종 합격자 명단을 확인했다. 예상대로 그녀의 이름은 명단에 없었다. 대신, 면접 심사장에서 마주친 동료 강사의 이름을 찾을 수 있었다. 강사들이 술자리에서 주고받는 소문을 수정에게 남김없이 전해 주던 동료였다. 캘리포니아 어딘가에서 석사학위를 받고 지원서를 제출한 대학에서 박사학위를 받은 집념형 글로벌 인재였다. 수정은 수첩을 꺼내 새 학기 강의 시간표를 확인했다. 대학마다 강의전담 교원을 선발하는 탓에 갈수록 강의시수가 줄어드는 형국이었다.

수정이 수첩을 덮었을 때 유리문을 밀고 들어오는 한 남자의 모습이 보였다. 수정은 얼른 자리에서 일어나 반짝, 한 손을 들었다.

환대

너의 미래는 청춘의 한 지점에 멈춰 있었다. 너는 오늘이 2027년이고 자신은 스물두 살이라고 했다.

-아니야, 지금은 2017년이야.

너는 곧 입을 다물었다. 그리고는 무연한 표정으로 탁자 아래의 한 점을 응시했다. 시간이 조금 흘렀다. 너는 바닥을 응시하고 나는 조용히 기다렸다. 이윽고 너는 고개를 들었다.

네가 집게손가락을 들어 내 오른손을 가리켰다.

-만져 봐도 돼?

탁자 위로 서서히 두 손이 다가오더니 내 오른손을 쥐었다. 양손이 깃털처럼 가벼웠다. 지상의 힘이라고는 느껴지지 않는 악력이었다. 너는 내 오른손을 얼굴 가까이에 가져가 손톱과 손가락뼈와 피부 아래의 정맥들을 세심하게 살폈다.

-어디로 살이 쪘니?

나도 모르게 피식, 웃음이 나왔다. 3층 병동의 면회실에 들어선 지 10여 분 만이었다. 팽팽하게 당겨졌던 감정의 근육이 조금쯤 느슨해지는 것 같았다.

-여기저기 꼭꼭 잘 숨어 있어.

내가 대답했다.

지난봄에 만났을 때 너는 살이 쪄서 몸집이 몹시 비대했었다. 아까 면회실에 들어서자마자 몇 달 전의 네 모습이 떠올라서, 살이 많이 빠졌네, 하고 말했다. 너는 즉시 숫자로 대답했다. 49킬로그램. 그런 후에 내게 물었다. 넌 몸무게가 몇 킬로그램 나가? 잠시 당황했지만 나는 곧 대답했다. 나는… 72킬로그램. 그때부터 너의 머릿속에 궁금증이 더해 갔던 것 같다. 도대체 그 많은 살이 어디에 숨어 있을까 하고.

잠시 후 네가 말했다.

-널 보니까 옛날 생각이 나.

-뭐가 생각나?

너는 대답하는 걸 잊은 듯 다시 바닥을 응시했다. 시간이 약간 흘렀다. 네가 뭐라고 중얼거렸다.

-내가 예쁘다고?

너는 쑥스러운 듯 대답했다.

-응. 예뻐.

피식, 웃음이 나왔다. 처진 눈매와 점점 뚜렷해지는 팔자주름과 가슴 아래로 출렁이는 뱃살들 때문에 거울을 들여다보고 싶지 않은 나날이었다.

-뚱뚱하잖아. 나이 들었잖아.

너는 정색했다.

-아냐, 넌 항상 예뻐.

잠시 후 너는 다시 말했다.

-난 스물두 살이야.

너와 입씨름할 수 없었다. 그러면서도 한편으론 지금이 2017년이든 2027년이든 무슨 상관인가 싶었다. 우리가 스물두 살인지, 마흔아홉 살인지는 이 순간 중요하지 않다.

*

지난봄에 우리는 병원의 1층 로비에서 만났다. 그때 너는 3층 병동에서 담당 간호사와 함께 엘리베이터를 타고 내려와 안내데스크 앞에 서 있는 나를 향해 느릿느릿 걸어왔다. 무려 이십여 년 만의 만남이었다.

종로에서 시외버스를 타고 경기도에 위치한 병원 단지로 향하는 동안 머릿속으로 수많은 생각들이 엉클어졌다. 버스정류장에서 내려 정문에서 방명록을 작성한 후 오르막길을 따라 정신병원 건물로 걷는 순간에도 머릿속이 뒤엉켜 있었다. 병원 1층의 안내데스크 앞에서 너를 기다리는 동안에는 한 가지 질문만이 남았다. 도대체, 네가, 왜? 우리가 함께 보낸 시간들이 각각의 장면들은 잊힌 채 무거운 납덩어리가 되어 가슴 한가운데를 짓눌러 뭉갰다.

간호사가 한 팔로 나를 가리켰다.

-친구 분 맞죠?

너는 걸음을 멈추고 멀건 표정으로 나를 바라보았다. 그러더니 문득 내 이름을 불렀다.

-은희야.

간호사가 고개를 끄덕이며 안도의 눈길을 내게 보냈다. 나는 몇 걸음 앞으로 다가갔다. 너의 얼굴 위로 희미한 미소 같은 게 스쳐 갔다.

-진숙아. 나 알아보겠어?

예전과 너무도 달라진 너를 본 순간, 형용할 수 없는 감정이 안에서 솟구쳤다. 내부에서 갑작스럽게 분출한 그것은 불꽃처럼 짧은 순간 의식을 감전시켰다가 어둠 속으로 사라졌다. 비로소 하나의 세계가 무너져 내리는 것 같았다.

너는 살이 쪄서 몸집이 커 보였다. 예전처럼 귀 위로 짧게 커트한 머리칼은 부스스하게 일어선 허연 새치들로 가득했다. 긴팔 환자복 위로 남색 카디건을 걸치고 엉거주춤하게 선 모습이 낯설었다. 무엇보다도 달라진 건 얼굴 표정과 눈빛이었다. 예전처럼 쏘는 듯한 눈빛이 아니었다. 초점 없는 흐릿한 눈동자가 전방을 향해 무방비 상태로 열려 있었다.

-잘 있었어?

느릿한 목소리로 너는 나의 안부를 물었다. 마치 엊그제 만났다가 헤어진 친구를 다시 본 양 심상한 말투였다.

-지석 씨는?

너는 내 남편의 안부를 물었다.

-집에 있어.

너는 내 아이의 안부도 물었다.

-애는?

-잘 있어.

결혼 직후 지석을 따라 해외 근무지로 떠났기 때문에 너는 내 아이들을 본 적이 없었다. 그리고 외국에서의 십 년, 귀국 후 십 년 동안 너를 만난 적이 없으니 네가 내 아이들의 존재를 알 리 없었다. 결혼했으니 당연히 아이가 있을 거라고 생각한 것일까. 아니면 면회 온 누군가로부터 내 소식을 들었던 것일까.

몇 발자국 옆에서 우리를 지켜보던 간호사가 내게 인사했다. 그럼, 잘 부탁합니다. 그녀가 떠나기 전에 면회 규칙에 대해 물었다. 특별한 주의사항이 없다고 했다. 면회시간 제한 같은 것도 없었다. 면회를 마친 후 환자를 3층 병동으로 직접 데려다 달라는 당부뿐이었다. 그날 간호사가 왜 너의 면회 절차에 대해 유독 관대했는지 나중에야 그 이유를 알 수 있었다.

안내데스크를 지나 복도 끝 국화실로 들어갔다. 출입문을 닫고 탁자를 사이에 두고 마주 앉았다. 네가 물었다.

-너 우리 집에 왔었어?

-응. 니네 집 어디?

오래전에 나는 너의 고향집에 놀러간 적이 있었다. 여고와 대학시절에 살던 K시의 자취방에도, 간호사로 근무할 때 네가 잠시 얹혀살던 서울의 친척집에도, 그리고 하염없이 이어지는 계단을 걸어 올라가야 했던 연남동 빌라 5층의 전세방에도 간 적이 있었다.

-해남 우리 집.

-응. 예전에 갔잖아. 대학교 1학년 때.

-아니, 지난달에.

-지난달에는 안 갔어.

내 대답이 너를 혼란스럽게 하는 것 같았다. 하지만 너는 곧 무심한 표정으로 되돌아갔다. 우리의 대화는 자주 끊겼다. 너는 자주 말을 멈추고 탁자 아래를 무연한 표정으로 응시했다. 그러다가 문득 고개를 들었다.

-난 놀아. 맨날 놀아. 텔레비전만 보고.

-그래?

-공부해야 하는데. 앞으로의 일들에 대해 계획도 세워보고.

공부나 앞날에 대한 계획 따위, 이제는 신경 쓸 필요가 없다고 말해 주고 싶었지만 그럴 수 없었다.

-어떻게 살 것인가 생각도 해 보고. 그럼 안 되니?

-뭘 하고 싶은데?

-전도사. 선생님도 하고 싶고. 이제 국문과 갈려고.

점심시간이 다가오고 있었다. 로비의 안내요원에 물으니 국화실에서 배달음식을 주문해서 먹을 수 있다고 했다. 뭐 먹고 싶냐고 물으니 너는 자장면, 이라고 대답했다. 팔선각에 전화를 걸어 자장면 두 그릇과 군만두를 주문했다. 내가 전화 통화하는 걸 지켜보던 너는 휴대폰을 물끄러미 쳐다보았다.

네가 병원들을 전전하는 동안 세상이 많이 변했다. 나는 탁자 위에 휴대폰을 올려놓고 바탕화면의 프로그램들에 대해 설명했다. 너는 휴대폰에서 눈을 떼지 못했다. 너의 얼굴 위로 뭔가가 움찔, 지나갔다. 너는 원래 호기심이 많은 아이였다.

밖에서 노크 소리가 들렸다. 헬멧 쓴 나이든 남자가 배달가방 안에서 자장면과 만두 그릇을 꺼내 탁자 위에 올려놓았다.

-자장면, 진짜 오랜만에 먹어.

너는 자장면을 맛있게 먹었다. 하지만 젓가락을 쥔 오른손을 간간이 떨었고 그때마다 젓가락질을 멈췄다. 체머리를 앓고 있는 듯 머리를 좌우로 가볍게 흔들기도 했다. 나중에 간호사에게 들으니 오랜 세월 동안 약을 복용한 탓에 후유증이 생긴 거라고 했다.

자장면을 목 안으로 넘길 수 없었다. 그런데 너는 자주 식사를 멈추고 나를 채근했다.

-은희야, 먹어.

네가 동작을 멈추고 재촉할 때마다 자장면 면발을 목 안으로 삼켰다. 네가 말했다.

-맛있어.

식사를 마치고 빈 그릇들을 출입문 바깥에 내려놓자 네가 자리에서 일어서며 말했다.

-산책하자.

병원 건물 바깥으로 나갔다. 건물 위쪽으로 좁은 길이 나 있고, 길 양쪽으로 크고 작은 나무들이 잘 가꾸어져 있었다. 노란 개나리꽃과 붉은 철쭉이 나무들 사이에서 화사하게 피어 있었다. 햇볕이 따뜻했다.

-남자친구가 의사거든. 내가 사귀던 오빠. 내가 얘기 안 했니?

갑자기 너의 이야기보따리가 술술 풀려나왔다. 고향집에 가려면 눈을 감고 해남, 하면 단숨에 갈 수 있다거나, 상규오빠가 퇴원 수속하러 왔는데 잠들어 버려서 만나지 못했다는 등의 이야기였다. 너는 정색을 하고 말했다.

-우리 가족은 날 퇴원시키려는 의지가 너무 부족해.

*

너를 만나기 위해서는 법적 보호자인 상규오빠의 허락을 받아야 했다. 병원 규정상 가족이 아니면 면회가 허용되지 않아서였다. 몇 년 전에도 상규오빠에게 연락한 적이 있었다. 상규오빠의 지인을 수소문해서 너를 면회하고 싶다고 전했었다. 하지만 너의 상태가 악화되어 누군가 너를 만나는 걸 원치 않는다는 대답을 전해 들었다. 이번에는 상규오빠에게 직접 전화를 걸었다.

그는 여동생의 오랜 친구를 쉽게 기억해 냈다. 고등학교와 대학시절, 그리고 서울에서 직장생활을 하던 무렵에 그를 만난 적이 있었다. 맹맹한 콧소리가 약간 섞인, 변함없는 목소리로 그는 반갑게 전화를 받았다. 서로 안부를 주고받은 후 화제가 여동생의 근황에 이르자 그의 목소리가 낮아졌다. 너를 만나고 싶다고 하자 상규오빠는 잠시 침묵했다. 그리고는 다소 뜬금없이, 너무 부담 갖지 말아요, 라고 말했다. 그게 무슨 의미인지 물어보지 않았다. 다만 지난 몇 년 동안 너를 면회 온 가족이나 친척이 아무도 없었다는 담당 간호사와의 전화통화 내용이 생각났다. 맘이, 아파요. 자꾸 퇴원시켜 달라고 해서…. 상규오빠가 얼버무렸다. 전화를 끊고 그는 곧바로 병원에 전화를 걸어 나의 면회에 동의했고, 그 사실을 내게 문자메시지로 알려주었다. 그날 이후 병원에서는 더 이상 그의 허락을 요구하지 않고 나의 면회신청을 받아들였다.

스물다섯 살 무렵의 발병 이후 너의 가족이 어떤 고통을 겪었는지 나는 자세히 알지 못한다. 스물다섯에서 스물일곱 살까지 너는 입원과 퇴원을 반복했고 한동안 고향집에 내려가 어머니와 함께 살았다. 어머니가 돌아가시자 너는 다시 병원들을 전전했다. 그즈음엔 상규오빠와 남동생도 지칠 대로 지쳐 있었다. 결혼을 하고 아이들을 기르면서 생활인으로 단련되는 동안 두 사람은 더 이상 너를 면회하지 않았다. 네가 병원 매점에서 사용하는 간식비는 꼬박꼬박 너의 계좌로 입금되었다. 간식비가 매달 일정한 날짜에 송금될 수 있도록 상규오빠는 은행에 자동이체를 신청해 두었다.

전화 통화 이후 가끔씩 상규오빠의 인터넷 블로그를 방문했다. 희생과 감사에 관한 명언들, 자기계발을 다짐하는 글귀들, 여행지에서 가족과 함께 환하게 웃고 있는 사진들, '너희에게 인내가 필요함은 너희가 하나님의 뜻을 행한 후에 약속을 받기 위함이라'같은 성경구절들. 그런 날이면 어쩔 수 없이 병원에서 오빠의 방문을 기다리는 너의 모습이 떠올랐고, 이유 없이 마음이 사나워졌다.

*

너를 처음 만난 건 고등학교 1학년 교실에서였다.

앉은키 순서로 교실 좌석이 배정되었기 때문에 키와 체격이 엇비슷한 너와 나는 책상 앞뒤로 앉게 되었다. 우리는 3월 한 달이 채 지나기도 전에 가까워졌다. 대화를 하면 할수록 깜짝 놀랄 만큼 서로 닮은 점이 많다는 걸 알게 되었기 때문이었다.

너는 고향에서 중학교를 마친 후 K시 고등학교로 유학 왔고, 두 칸짜리 자취방에서 오빠와 함께 살았다. 그리고 그건 나도 마찬가지였다. 우리는 둘 다 고향에서는 이름깨나 날렸지만 K시 고등학교에서는 평범한 우등생 정도의 성적을 유지했다. 우리는 상념이 많고 헛꿈을 자주 꾸었다. 머릿속을 떠

다니는 어지러운 잡념과 몽상을 서로에게 얘기했고, 그것들이 비슷하다는 사실을 신기해했다. 우리는 막연히 시인이 되기를 원했다. 당시 학생들 사이에 인기 있던, 손바닥 안에 쏙 들어오는 삼중당 세계문고를 교과서보다 더 열심히 탐독했다.

우리는 어느새 말투와 몸짓과 글씨체까지 비슷해졌다. 담임을 비롯한 교과목 담당 선생들이 너와 나를 헷갈려하는 것도 무리가 아니었다. 우리가 좋아했던 국어와 국사 선생조차 두 사람을 쉽게 구별하지 못했다. 은희와 진숙. 반 아이들은 우리를 '희숙'이라고 한꺼번에 불렀다. 누군가 희숙아, 하고 부르면 둘 다 고개를 돌렸다. 우리는 두발과 복장 규칙을 잘 지켰고, 교실과 복도를 걸을 때는 발뒤꿈치를 들었다. 종례 직전까지 마쳐야 하는 학급청소에서는 맡은 구역을 열심히 청소했다. 몸이 아파서 결석하지 않는 한, 아침 자율학습과 야간 자율학습 시간을 빼먹지 않았다.

너는 두 살 터울의 오빠를 위해 밥상을 차렸고, 그건 나도 마찬가지였다. 오빠들은 우리보다 먼저 K시 고등학교로 진학했고, 부모들은 중학교를 마친 너와 나를 K시로 딸려 보냈다. 부모들이 암암리에 부과한 의무가 무엇인지 너와 나는 잘 알고 있었다. 누군가 일일이 행동지침을 일러 주지도 않았는데 우리는 아침 일찍 일어나 쌀을 씻어 밥을 안치고 달걀찜이나 된장국을 끓였다. 아침밥을 먹은 후에는 설거지를 했고, 자취방을 서둘러 걸레로 훔친 후에 부랴부랴 교복을 챙겨 입고 학교를 향해 달렸다.

그 시절의 평범한 여고생들이 그랬듯이 우리는 낙엽이 흩날리는 거리를 걷기를 좋아했다. 낙엽 진 보도를 걷다가 노랗게 물든 은행잎이나 빨간 단풍잎을 주워 책갈피에 끼워 넣었다. 모가지가 길어 슬픈 짐승이여, 로 시작하는 노천명의 시를 즐겨 읽었다. 그 시인이 일제강점기 막바지에 학도병 지원을 부추기는 시들을 썼다는 사실은 까맣게 모른 채 조금이라도 더 길쭉해 보이는 목을 만들기 위해 고개를 한껏 앞으로 내밀었다. 우리는 도스토옙스키의 음울함과 고뇌에 매료되었다. 니나, 전혜린, 로자 룩셈부르크의 삶이 머릿속에 강렬한 인상을 남겼다. 하지만 그뿐이었다. 우리의 일상은 달라지지 않았다.

어느 날 너는 교통사고로 죽은 큰오빠에 대해 말했다.

-내가 세상에서 가장 사랑하는 사람이었어.

그가 얼마나 똑똑하고 가슴이 따뜻한 대학생이었는지, 집성촌인 너의 고향마을에서 어린 시절부터 신동으로 불리던 그가 집안 어른들이 대부분인 마을사람들에게 어떤 희망을 불어넣었는지를 너는 조용조용 말했다. 너는 지갑에서 큰오빠의 사진을 꺼내 보여 주었다. 눈썹이 짙고 콧날이 오뚝한 잘생긴 청년이 온화한 미소를 짓고 있었다. 너는 밤중에 큰오빠와 대화를 나눈다고 했다. 성적이 떨어져 속상할 때나 밥상을 차리고 빨래하는 일이 귀찮아질 때, 생활비가 제때 도착하지 않아 급식비를 낼 수 없을 때, 그럴 때 너는 큰오빠에게 상의하고, 투정을 부리고, 불평을 쏟아냈다.

나도 내 오빠에 대한 생각을 털어놓았다.

-오빠가 죽어 버렸으면 좋겠어.

대문을 지나 주인집 안채와 마당을 가로질러 왼편으로 꺾어 들면 오빠와 내가 세 들어 사는 상하방이 있었다. 미닫이문으로 분리된 두 칸짜리 방은 그러나 마음만 먹으며 언제든 상대의 공간을 침범할 수 있었고, 침입자는 항상 오빠였다. 오빠는 가끔씩 미닫이문을 열고 내 방으로 건너와 가슴과 배를 걷어찼다. 주먹으로 등을 가격하거나 손바닥으로 뺨을 때리기도 했다. 말수 적은 모범생이었고 부모에게 복종적이었으며 누구보다도 소심했던 오빠의 내부 어디에 그런 폭력성이 자리 잡고 있는지 이해할 수 없었지만, 달리 어쩔 도리가 없었다. 오빠의 존재는 끊어질 듯 위태로웠던 부모의 관계를 연결시키는 유일한 밧줄이었고, 그런 이유로 나는 오빠의 구타에 대해 부모에게 말할 수 없었다. 엄마와 아버지는 오빠를 앞에 앉혀두고 번갈아가며 말하곤 했다. 너만 아니었다면 내가 진즉에 집을 나갔다.

오빠의 구타는 약 일 년 동안 계속되었다. 고3인 오빠가 고1인 여동생을 때려야 하는 이유는 무수히 많았다. 그날 오빠가 모의고사 시험을 망쳐서, 내가 실수로 책상에 물을 엎질러서, 건방지게 오빠에게 말대꾸해서, 또는 대꾸를 안 해서. 오빠의 주먹질이 시작되면 나는 입을 꽉 다물고 신음소리가 바깥으로 새 나가지 않도록 애썼다. 무엇보다도 안채의 주인 내외가 이 사실을 알게 될까 봐 신경이 쓰였다. 입시 압박감 속에서 불안한 사춘기를 홀로 건너야 했던 오빠는 역시 낯선 도시에서 예민한 시기를 보내는 여동생을 구타하며 청춘의 위기를 극복했다. 고등학교를 졸업하고 대학생이 되자 오빠의 폭력은 언제 그랬냐는 듯이 사라졌다.

아무에게도 발설하지 않은 비밀을 서로에게 말하고, 그 비밀을 굳건히 지키면서 우리는 서로를 더욱 의지해 갔다. 그 시절에, 그리고 그 이후로도 오랫동안, 삶의 고비가 닥칠 때마다 우리는 누구보다도 먼저 서로의 얼굴을 떠올렸다.

*

사범대에 지원한 너는 전기입시에 실패한 후 3년제 간호전문대학에 입학했다. 재수를 원했지만, 집안 형편이 허락하지 않았다. 위로는 대학생 오빠가, 아래로는 고등학생 남동생이 있었다. 너는 선택지가 없었다. 사범대가 아니면 간호대학이어야 했다. 졸업과 동시에 즉시 취업해야 했다.

성인간호학이나 기본간호학 같은 교과목들, 그리고 현장에서 이루어지는 임상실습 시간을 너는 버거워했다. 이른바 문과형 인간인 너는 실용적이고 현실적인 교과과정이 적성에 맞지 않았다. 기숙사에서 벌어지는 여자들끼리의 신경전과 경쟁심이 견딜 수 없다고 털어놓았을 때 내가 너를 진심으로 이해했던가? 너를 충분히 배려하고 위로했던가? 잘 모르겠다.

*

너의 고향집을 방문한 건 대학교 1학년 겨울방학 때였다. 그날 너는 그 폐가로 나를 데려갔다. K시에서 고속버스를 타고 목포에서 내려 다시 배를 갈아타고 너의 고향마을에 당도했다. 점심때가 한참이나 지나 있었다. 너의 어머니가 마루에 차려 준 늦은 점심을 먹고 나자 너는 보여줄 게 있다고 귓속말했다. 흐린 구름장이 하늘에 낮게 걸리고, 희끗한 진눈깨비가 하나둘씩 흩날리기 시작하는 오후였다.

너는 검은 비닐봉지를 손에 쥐고 앞장서서 걸었다. 좁은 마을길을 벗어나자 양파와 옥수수와 콩잎이 심긴 비탈진 경작지가 나왔다. 밭두렁 아래로 실개천이 흘렀다. 마을이 저만치 멀어지고, 잡목과 넝쿨식물이 무성한 언덕배기로 올라서자 그 폐가가 나타났다. 언덕 뒤편으로 야산이 시작되고 있었다. 밭작물을 보호하기 위해서인 듯 야산 입구에 쇠막대로 고정된 녹색 그물망 울타리가 쳐져 있었다. 울타리에 '야생 멧돼지 출몰지역'이라고 붉은 글씨로 적힌 경고 푯말이 걸려 있었다.

그 폐가는 제법 널찍하게 지반이 다져진 공터에 자리 잡고 있었다. 어쩐지 으스스하고 불길한 기운이 감도는 곳이었다. 시멘트 지붕의 절반이 땅바닥에 주저앉았고, 군데군데 구멍이 뚫리고 흙이 무너진 담장에 잡초들이 뒤엉켜 자라고 있었다.

녹슨 철제대문과 깨진 유리창 사이로 벽지가 벗겨지고 앙상한 철골이 드러난, 한때 방이었고 거실이었고 부엌이었던 황량한 빈터가 보였다. 깨진 형광등과 사기그릇 조각들, 담배꽁초들, 다 쓴 비료부대와 마대자루들, 크고 작은 비닐봉지에 묶인 쓰레기들이 여기저기에 흩어져 있었다.

너는 삐걱거리는 철문을 밀치고 안으로 성큼성큼 들어섰다. 손에 쥔 비닐봉지에는 네가 부엌에서 챙겨 온 찐 감자와 고구마가 들어 있었다. 너는 그곳에 사람이 살고 있다고 했다.

-불쌍해.

폐가에 사는 남자의 이름은 용가리, 라고 했다.

-용가리통뼈 할 때 그 용가리?

-응. 마을 애들이 지어 줬어.

폐가와 남자 사이에 어떤 연관이 있는지, 그리고 그가 언제부터 그곳에 살게 되었는지는 알 수 없다고 했다. 어느 날 홀연히 마을에 나타난 그 남자는 아직 무너지지 않은 한쪽 지붕 아래에 볏짚과 이불을 펴고 잠을 잤고, 마을사람들이 바가지에 던져 주는 밥덩이를 얻어먹으며 살게 되었다고 했다. 전기도 수돗물도 들어오지 않는 그곳에서 어떻게 살아가는지 수수께끼라고 너는 말했다.

-용가리를 본 적 있어?

-응. 마을에 내려오면 동네 애들이 항상 뒤를 따라다니면서 놀렸어.

간혹 짓궂은 아이들이 돌멩이를 던질 때에도 용가리는 전혀 반응을 보이지 않고 휘적휘적 걷는다고 했다. 용가리가 순하다는 걸 알게 된 동네어른들이 그를 괴롭히는 아이들을 수시로 꾸짖고, 아주머니들이 번갈아가며 밥덩이와 반찬을 바가지에 부어 주면서 용가리는 차츰 집성촌 마을의 일원이 되어 갔다. 덥수룩하게 자란 머리를 아무렇게나 뒤로 묶고, 한여름에도 길고 두터운 검정색 파카를 입고 털신을 신고 다니는 그가 불쌍하다고, 너는 눈물을 글썽였다.

네가 그렇게 용감한 아이였던가? 두려워서 차마 대문 안으로 들어서지 못하는 나를 등 뒤에 남겨 둔 채 너는 철문을 넘고, 깨진 유리 조각과 쓰레기가 흩어진, 한때 누군가의 거실이었던 빈터의 한가운데로 홀로 들어가 검은 비닐봉지를 놓아두고 뒤돌아 나왔다.

다시 언덕을 내려와 밭두렁 위를 걷는데 자꾸만 뒤통수가 근질거렸다. 몇 번을 뒤돌아봤다. 희끗희끗한 눈발 사이로 검정색 파카를 입은 누군가의 시커먼 머리통을 본 것 같았다. 폐가의 창문에 달린 깨진 유리조각 틈으로 덥수룩한 머리칼을 풀어헤친 한 남자가 우리를 지켜보는 것 같았다.

*

스물다섯 살 무렵의 너에게 무슨 일이 일어났던 것일까.

우리는 둘 다 서울에서 막 직장생활을 시작했고, 주말이면

신촌이나 여의도의 카페에서 만나 서로에게 이런저런 고민을 털어놓았다. 시골뜨기였던 우리는 서울생활에 적응하기 위해 최선을 다했지만 시간이 갈수록 기가 죽고 의기소침해지는 건 어쩔 수 없었다. 3년제 간호전문대와 지방 국립대를 각각 졸업한 너와 나는, 서울 시내의 번듯한 대학을 졸업한 동료들 사이에서 열등감에 시달렸다. 4년제 정규 간호학과 출신이 아니라는 이유로 너는 병원 업무에서 제외되는 일이 종종 생겼고, 그로 인해 번번이 마음을 다쳤다. 나 역시 조금이라도 긴장을 늦추면 가차 없이 도태되는 냉혹한 직장에서 하루하루 고투를 벌였다.

그즈음 너는 교제하던 남자와 헤어졌다. 네가 근무하는 종합병원에서 함께 일하던 남자였다. 너는 큰 충격을 받은 듯했다. 그런데도 정작 그와 헤어지게 된 자세한 경위를 말하지 않았다. 그러고 보니 너는 그에 대해 이야기하는 걸 꺼렸다. 네가 교제하는 동안 나는 그를 만나 본 기억이 없다. 그가 사무직 직원이었던가? 일용직 근로자였던가? 의사였던가? 돌이켜 보면 그때야말로 네가 누군가가, 영혼의 짐을 나눌 수 있는, 친구가, 절실히 필요했던 시기였다. 그런데도 나는 왜 그토록 무심했던 것일까. 너는 왜 입을 다물었던 것일까. 세월이 흐른 지금에도 나는 여전히 그 시절의 너를, 그리고 나를, 이해할 수 없다.

*

어느 날 국화실에서 네가 말했다.

-힘들지?

나는 놀라서 너를 바라보았다.

-왜, 내가 힘들어 보여?

-응.

너는 예의 그 무연한 시선으로 나를 바라보았다. 하마터면 지석과 시내에 나갔다가 우연히 마주쳤던 여자애와 그녀를 보자마자 지석의 얼굴에 환하게 번지던 생의 활기에 대해 말할 뻔했다. 지석을 선배님, 이라고 부르는 여자애는 지석이 근무하는 회사의 직원이었다. 부장님이 아니라 선배님인 이유는 그녀가 지석의 대학후배이기도 해서였다. 사모님, 전에 헬싱키에서 뵌 적이 있어요. 그러고 보니 낯이 익었다. 배낭여행 중인 대학 후배가 도착했다며 지석이 직접 반타공항까지 차를 몰고 가서 데려와 함께 저녁식사를 했던 여자애였다.

지석의 마지막 해외 근무지였던 헬싱키는 국내 제약회사의 말단 직원이 살기에는 터무니없이 물가가 비싼 도시였다. 아침 일찍 일어나 식사준비를 하고 점심 도시락을 싸서 지석을 출근시키고 나면 두 아이가 잠에서 깼다. 아이들을 씻기고 먹이고 재우고, 다시 씻기고 먹이고 재우다 보면 하루해가 갔다. 천기저귀를 빨고, 유동식과 고형식 이유식을 만들어 먹이고,

하루에 두 번 유모차에 태워 산책을 나가고, 틈틈이 시간 내서 슈퍼마켓에서 장을 봤다. 아이들이 좀 더 자란 후에도 비슷한 생활이 이어졌다. 유모차 산책이 놀이터로 바뀌고, 블록 쌓기 놀이가 동화책 읽어 주기로 변했을 뿐이었다. 육아와 집안일에 관한 지석의 태도는 결혼 직후부터 변함없었다. 난 없는 사람으로 생각해. 지석이 가장 자주 내뱉는 말이었다. 주말에도 지석은 바빴다. 회사 업무에서 받은 스트레스를 다양한 취미와 자기계발 활동으로 건전하게 해소해야 했기 때문이었다.

지석은 여자애에게로 쏠리는 자신의 감정을 그대로 노출시킴으로써 모든 고민을 나에게 떠넘겼다. 지석이 참가하는 테니스와 자전거 동호회 여행에는 어김없이 여자애가 동행했다. 그는 그 사실을 내게 굳이 숨기려 하지 않았다. 단체사진은 물론 둘이 함께 찍은 사진들도 보란 듯이 아무렇게나 책상 위에 올려놓았다. 지석이 휴대폰을 집에 두고 출근한 어느 날, 새벽에 전화벨이 울렸다. 그 여자애였다. 오늘 선배님과 연락이 안 되어서요. 내가 전화를 받아서 당황했다기보다는 하루 종일 지석의 행방이 파악되지 않아 안타깝다는 듯한 목소리였다.

너는 탁자 아래를 응시했다가 고개를 들었다. 내가 말했다.

-두려워.

-뭐가?

그동안 내가 가장 두려워했던 건, 이 세상의 습속에서 벗어나는 일이었다.

그런데 무엇이 잘못이었을까. 법규를 위반한 적도 없고, 무임승차를 한 적도 없고 교통질서를 위반한 적도 없는데. 서시오 하면 서고, 앉으시오 하면 앉았는데. 그런데 어디에서부터 잘못되었던 것일까?

네가 말했다.

-사람들이, 다, 사는 게, 힘들어.

*

3층 병동의 면회실에는 창문이 없었다. 출입문을 제외하고는 사방이 흰 벽으로 막혀 있고, 시계도 달력도 없었다. 실내에는 탁자 하나와 의자 몇 개만이 놓여 있었다. 1층에서의 면회와 산책이 금지된 날이었다. 네가 퇴원을 요구하며 며칠째 약 복용과 식사를 거부하고 있기 때문이었다.

바깥은 한여름이었다. 전국의 대도시에 폭염주의보가 발령 중이었다. 그런데도 너는 긴팔 환자복 위에 겨울용 파카를 껴입고 있었다.

-추워?

이마에 밴 땀을 손수건으로 누르며 내가 물었다. 병원 앞 시외버스 정류장에서 내려 오르막길을 걸어오느라 등이 땀에 젖어 있었다.

-난 괜찮아.

나는 의자에 올려 둔 배낭에서 비닐봉지를 꺼내 탁자 위에

올렸다.

-샐러드 먹자.

얼음 팩으로 포장된 플라스틱 용기를 열었다. 너는 일회용 드레싱 봉지를 집더니 자세히 들여다보았다.

-이게 뭐니… 소스니?

네가 소스, 라고 발음하는 걸 듣자 왠지 가슴이 뭉클해졌다.

-응. 카스텔라도 먹을래?

너는 고개를 끄덕였다. 나는 배낭에서 또 다른 비닐봉지를 꺼냈다.

-단팥빵 먹을래?

너는 고개를 저었다.

-단팥빵 먹으면 안 돼.

나는 단팥빵을 다시 배낭 속으로 넣었다.

어떤 음식은 먹을 수 있고, 어떤 음식은 먹을 수 없는지, 그리고 그건 어떤 규칙으로 결정되는지 알 길이 없었다. 육식을 피하는 건가 싶었지만 샐러드에 섞인 닭고기를 먹는 걸 보면 그렇지 않았다. 어쨌든 규칙을 알 수 없으니 면회 올 때 이것저것 계통 없이 가져오는 수밖에 없었다. 그래도 되도록이면 소화가 잘되는 야채나 과일, 혹은 예전에 좋아하던 빵 종류나 음료수를 준비했다.

탁자를 사이에 두고 우리는 말없이 샐러드를 먹었다. 네가 자주 동작을 멈추고 너도 먹어, 넌 왜 안 먹어? 라고 채근했으므로 나 역시 일정한 속도로 샐러드를 먹었다. 달걀도 먹어. 내가 달걀 조각을 밀어 주자 너는, 달걀이야? 하며 세심하게 살폈다. 네가 포크로 달걀을 찍어 입으로 가져갔다. 양상치도 먹어. 네가 나를 쳐다보며 물었다. 양상치야, 양상추야? 갑작스런 물음에 양상치인지 양상추인지가 헷갈렸다. 글쎄. 잘 모르겠는데. 휴대폰을 꺼내 검색해 볼까 하다가 그만두었다. 너는 다시, 양상치야, 양상추야? 라고 말했다. 혼잣말이었다.

*

너의 첫인사는 항상 응, 잘 지냈어? 이다. 전화선을 통해 전해지는 말투가 심상하다. 목소리에 나른함이 고스란히 배여 있다. 너는 지루하다. 어제가 오늘 같고, 오늘이 내일 같은 하루하루가 지겹다. 아니다. 너는 지루하지 않다. 너는 누구보다도 바쁜 시간을 보내고 있다. 너의 시공간은 갑작스럽게 팽창하거나 축소된다. 원하기만 하면 너는 어디든 갈 수 있고 누구와도 만날 수 있다. 그러나 현실의 너는 3층 병동의 홀 중앙에 서 있다.

주변이 시끌벅적하다. 환자복을 입은 누군가가 너에게 다가와 웅얼웅얼 말을 걸고 옷자락을 잡아당기고 귓속말로 속삭인다. 너는 사람들을 헤치고 홀 벽면의 공중전화기를 향해 느릿느릿 걷는다. 녹색 공중전화기 앞에서 걸음을 멈춘다. 환자복 위에 덧입은 파카 주머니에서 전화카드를 꺼내 투입구 안으로 밀어 넣는다. 병동 입구의 카운터에 간호사 둘이 앉아 있다. 간호사들 뒤로 남자 보호사 두 사람이 대기 자세로 서 있다. 너는 전화번호를 꾹꾹 누른다.

너는 기억력이 좋다. 지난번에 내가 종이쪽지에 적어 준 휴대폰 번호를 너는 잘 외우고 있다. 뚜뚜. 신호음이 들리고 휴대폰 액정화면에 너의 이름이 떠오른다. 경기도에 거주하는 너와 남쪽의 항구도시에 사는 내가 서로 연결된다. 여보세요, 진숙이니? 너는 대답과 질문을 동시에 한다. 응, 잘 지냈어? 너는 오늘 기분이 좋다. 오후 2시에서 3시 사이의 산책시간에 병실 밖으로 나갔다가 바람에 이리저리 흩날리는 낙엽들을 봤기 때문이다. 방금 밖에 나갔다 왔어. 아! 단풍이 떨어진다. 너의 목소리에 가벼운 콧소리가 섞여 있다.

오빠가 지금 오고 있어 빨리 퇴원해야지, 라고 너는 말한다. 하지만 너는 오늘 오빠를 만날 수 없을 것이다. 며칠 전에도, 몇 년 전에도, 너는 병원으로 면회 온 오빠를 만나지 못했다. 날 면회 왔는데, 그런데 못 만났어. 내가 잠들어 버렸거든. 너는 언제나 가족을 만나지 못한다. 네가 죽은 큰오빠나 상규오빠를 만나지 못하는 이유는, 면회시간에 네가 잠들어 버렸거나, 어떤 알 수 없는 이유로 병원 측에서 너와 네 가족의 면회를 방해하기 때문이다.

너는 혼잣말을 웅얼웅얼한다. 잘 안 들려. 내가 말한다. 하지만 너는 한참 동안이나 알아들을 수 없는 말을 중얼거린다.

잠시 기다리기로 한다. 수화기를 손에 들고 갈팡질팡하는 네가 눈앞에 보이는 듯하다. 뭐 사 갈까. 뭐 먹고 싶어? 내가 묻는다. 니가 사오는 건 다 맛있어. 네가 보일 듯 말 듯 미소 짓는다.

해설

입양서사와 젠더의 복화술

이경(한국국제대 교수)

1. 입양이라는 장르

입양에 관해 소설을 쓰는 일은 곤혹스럽다. 비입양인이 글쓰기의 주체가 될 경우에는 더욱 그러하다. 수기 혹은 자전적 소설 등의 형식을 통해 이미 입양은 하나의 장르가 되어 있다고 해도 과언이 아니기에, 이미 검증된 서사를 진부하게 반복할 클리셰의 위험으로부터 자유롭지 못하기 때문이다. 입양을 둘러싼 사회적 책임과 윤리의 명령들 또한 서사의 한계를 강하게 압박한다.

하지만 황은덕의 『우리들, 킴』은 이와 같은 위험을 훌륭하게 극복한다. 2000년 「한국어 수업」으로 등단한 이래 강산이 두 차례나 바뀌는 동안 끈질기게 입양이라는 주제를 탐색한 결과, 황은덕 소설은 입양서사의 문학적 지평을 크게 확장시키고 있기 때문이다. 총 일곱 편의 소설 중 네 편이 입양에 할

애되어 있고 나머지 세 편은 불륜과 미혼모 등의 치정문제를 다루고 있지만, 이 또한 입양서사와 포함관계를 이룬다. 일부이처제의 변종이라 해도 좋을 불륜서사는 입양의 전조로 읽을 여지가 크기 때문이다.

이미 이루어진 입양과 미구에 이루어질 입양의 전조를 함께 다룸으로써, 『우리들, 킴』은 입양서사의 층위를 개인적인 것에서 사회문화적인 것으로 이동시킨다. 입양아의 트라우마 혹은 뿌리 찾기로 일관하거나 친부모의 죄책감에 초점을 맞추는 기존의 입양 내러티브에서 일탈하여 젠더구조와 사회구조의 차원에서 입양에 접근한다. 고도성장기인 70년대와 입양 붐을 대담하게 줄 긋기 하고 입양을 둘러싼 단가와 시스템을 날카롭게 지적하는 한편, 이 전 과정을 배후하는 사회구조와 남성권력을 심문한다.

입양 이전에 미혼모 혹은 불행한 모성이 있고 그 이전에 너무 미숙하여 가정을 가질 수 없거나 너무 노숙하여 가정과 혼외관계를 다 가지려 하는 남성이 있으며 그의 배후를 이루는 것은 남성지배권력임을 소설은 유려하게 증명한다. 고도성장기를 배경으로 한 당대의 입양서사에 전근대적인 일부다처제의 흔적이 어른거리는 것은 이 때문이다.

소설이 입양아들, 엄마들, 그리고 불륜의 사랑이라는 세 범주로 구성되는 것은 이와 같은 입양의 맥락을 반영한다. 하지만 입양의 상처를 초점화한 전작과 달리, 『우리들, 킴』은 입양을 결과하는 사회구조와 남성권력을 겨냥하는 동시에 입양 당사자들의 능동성과 연대를 부각시킨다. 버림과 선택의 대상이라는 '입양아'의 수동적 위상을 벗어나 자신의 존재를 스스로 승인하고 구성해나가는 입양인'들'의 능동성과 연대를 드러내는 한편, 입양에 이르는 엄마'들'의 상황과 맥락을 제시함으로써 그녀들을 입양에 처단하는 남성권력을 정조준한다.

불륜과 정신병, 그리고 입양 등 치명상을 내장하고 있음에도 불구하고 소설이 치명상에 이르지 않는 것은 이와 같은 연대의 동력 때문이다. 사회구조의 작용을 철하는 날카로운 시선과 이를 대면하는 연대의 힘이 서사의 안전망 역할을 한다. 유일무이하지 않은 '우리들' '엄마들'이 상징하는 복수성의 힘이 남성과 아버지의 법, 그리고 이에 종속되는 혈연가족이라는 원본을 뒤흔들어 놓기에 소설 속의 상처들은 치명상에 이르지 않는 거리를 확보할 수 있는 것이다.

2. "더 나쁜 경우가 될 수도 있었던" 혹은 이보다 더 나쁠 수는 없는

혈연이라는 지지대 없이 생존의 자격을 스스로 되물으며 삶을 규명해나가야 하기에 입양서사는 곧 생존의 서사이다. 초국적 입양의 경우, 이와 같은 점은 더욱 극단화된다. 이질성으로 인해 타자화의 위험에 더 많이 노출되며 그만큼 자기부정에 함몰되기 쉽기 때문이다. 자신의 잘못이 아닌 나쁜 출발을 극복해야 하는 것은 오로지 아이의 몫인 것이다.

표제작인 「우리들, 킴」은 이 나쁜 출발을 혈연이라는 동일자의 세계를 뛰어넘어 실존적 삶을 수용하는 계기로 삼는 서사라는 점에서 입양서사의 대표단수에 값한다. 늘 대상화된 의제였던 입양을 당사자의 발화로 재현함으로써 피해자가 아니라 자신의 상황에 대한 객관적 거리를 확보한 성숙한 어른의 태도를 제시한다. 버림받았다는 상처에 고착되지 않고 자신을 버릴 수밖에 없었던 친부모의 상황과 맥락을 짐작하고 수용함으로써, 입양아라는 낙인을 넘어 자신의 서사를 구성해 나가는 어른의 드문 성취를 보여주는 것이다. 입양'아'가 아니라 한인 입양인회에 모인 입양'인'의 묘사로 서사가 시작되는 것 또한 아동기의 트라우마에 낚이지 않는 어른의 삶을 부각시키려는 의도라 할 수 있겠다.

'우리들'은 다중시점을 구성하는 화자들이자 너무 많은 '킴'을 포괄하는 집합명사이고 서로의 존재를 거울처럼 비추어내는 연대의 다른 이름이며 또 혈연으로 수렴되지 않는 수평적 초월을 가능하게 하는 힘의 원천이기도 하다. 초국적 입양아들에게 신체적인 이질성은 스스로를 얼룩으로 낙인찍는 표식이기에 '우리들'이라는 명명이 갖는 의미는 중요하다. 비서 킴과 화가 킴 혹은 우리 등의 입장을 경유하는 다중시점은 그

자체로 입양서사의 안전망 역할을 한다. 바로 이 '우리'의 힘으로 많은 '킴'들은 사본/원본, 선택/버림, 선의/죄의식이라는 이분법을 넘어서 양부모/친부모와의 객관적 거리를 확보한다.

입양아들이 구성적 외부로서 자신을 발견하는 계기가 양부모라는 점은 소설의 문제의식을 예각화하는 지점이다. 친자가 있지만 동양아이를 입양하며 그 아이가 외롭지 않도록 같은 나라의 아이를 또 입양하는 선의의 배면을 지적함으로써 문제의 핵심을 파고든다. 70년대 중반, "외제차와 한국인 입양아가 부와 휴머니즘을 상징하는 것으로 각광받았다"는 언급은 소설의 배경인 벨기에에서 일어난 해외입양 붐의 본질을 잘 설명한다. 이것은 입양아가 아니라 양부모의 입지가 먼저 고려된다는 의미이며 양부모의 교양과 선의를 입증하고 과시하는 표상으로서의 입양은 '선택'이라는 점에서 취향과 상통한다. 입양아에게 한국식 이름을 지어주고 한복을 입혀 교회에 데려가는 입양부모의 선의는 한국의 판소리 음반을 수집하는 연장선상에서 이루어진다.

입양아의 역할은 이들의 휴머니즘과 취향을 충족시키는 것이며 입양아로 선택된다는 것은 이러한 요청에 대한 복종의 약속이기도 하다. 먼저 입양된 킴의 언니가 수행하는 "조용하고 영특한 동양 여자아이의 모델"은 그들의 취향을 정확하게 반영한 결과이며 비서 킴을 비롯한 입양아들의 가출과 퇴학은 이와 같은 요구에 대한 반작용이자 자기 증명이다. 양부모의 휴머니즘과 동양적인 것에 대한 취향을 재현하는 존재가 아니라 피와 살을 가진 생명이라는 자기주장인 것이다.

이처럼 소설은 양부모의 선의와 교양 그리고 이에 기반한 입양제도를 겨냥하지만, 이러한 비판이 혈연의 본질화로 수렴되지 않는다. 입양아'들'은 일생일대의 과제처럼 친부모 찾기에 나서지만 그것이 곧 서사의 목적은 아니다. 친부모는 자신의 현재를 의미 있게 만들기 위해 찾아야 하는 "퍼즐 조각"으로 의미화되며 바로 그렇기 때문에 입양으로 인한 트라우마에서 벗어날 수 있다. "양엄마를 싫어하고 친엄마 역시 좋아하지 않는다는 사실을 주변 사람에게 당당하게" 밝힌 화가 킴처럼 양자는 모두 자신의 서사를 꾸려가는 과정 속의 존재이자 계기로서의 의미를 지닌다. 친엄마와 멀어진 것에 대한 "자연스럽게"라는 수식어는 천륜 혹은 인륜이라는 혈연의 심급으로부터 자유로워진 것을 의미한다.

혈연을 절대화하지 않는 이와 같은 측면은 생모와 대면한 비서 킴에게서 보다 구체화된다. 처음 상봉한 모녀는 눈물을 흘리지만, 엄마에 대한 비서 킴의 그리움이 절대적이지 않듯이, 비서 킴에 대한 엄마의 죄책감 또한 절대적이지 않다. "장기간 유학갔다 돌아온 딸을 대하듯이" 모든 행동거지에 간섭하다가 정작 둘이 있을 때는 무표정한 얼굴로 티브이만 보는 현실엄마의 모습은 모성 혹은 혈연이라는 원본에 대한 의심과 흔들기로 이해된다. 엄마가 "딱히 엄마라고만은 할 수 없는 무언가"에 등가된다는 것은 혈연 혹은 뿌리로서 엄마를 본질화하지 않는다는 의미이며 엄마가 여러 형상으로 남는다는 것 역시 마찬가지이다. 엄마 찾기는 엄마를 찾는 일인 동시에 엄마의 동거인, 엄마와 대척점을 이루는 큰엄마와 이복형제를 통해서 엄마를 알아가는 일이기도 하다. 엄마는 자신이 귀속되어야 하는 유일무이한 원본이 아니라 이를 상대화하는 여러 형상으로 재현되는 것이다.

한국에 와서 친엄마를 만난 후에야 비로소 오베쥬에 있는 집을 자신의 집으로 수용하는 것은 이와 같은 혈연의 상대화가 초래한 효과라 할 수 있다. 한국에 체류한 6개월 동안 그녀가 그리워한 것이 오베쥬의 맑은 공기, 자전거 길, 포도밭 등이라는 사실은 이를 뒷받침한다. 그녀가 성장한 오베쥬의 자연을 집을 집답게 만들어가는 본질적인 요소로 받아들이며, 비서라는 계약직과 실업급여가 보장하는 단기 휴가, 그리고 혈연에 고착되지 않는 자유를 삶의 방식으로 수용한다. 오베쥬로 돌아온 뒤의 "홀가분한 표정"이 함축하듯, 그녀는 혈연의 상대화를 통해 결여태로서가 아니라 존재론적으로 나그네인 인간의 운명을 대면할 자세를 갖춘 셈이다.

이와 같은 비서 킴의 서사는 화가 킴을 비롯한 우리들 킴 모두의 이야기이기도 하다. 친부모를 본질화, 원본화하기보다는 옆으로의 초월을 가능하게 하는 다른 입양인들과의 연대를 보여준다는 점에서 「우리들, 킴」은 기존의 입양서사를 뛰어

넘는 성취라 할 수 있다. 비서 킴을 초점화하지만, 화가 킴 등으로 이동함으로써 이들은 개인의 상처에서 조금씩 빠져나오며 결국 "우리들"이라는 복수성을 획득한다. 겹으로 울려퍼지는 이들의 목소리는 입양아라는 예외성을 평범화하고 그로 인한 상처를 극복하게 만드는 역할을 한다. 벨기에 한인 입양인회를 결성하는 입양인들의 활기는 이를 증명한다. 입양은 감추어야 하는 사적인 상처가 아니라 이를 드러내고 함께 극복하는 공적인 차원의 경험으로 수용되는 것이다. 이와 같은 과정을 통해 입양은 트라우마의 자격을 상실하고 평범성을 획득한다. 바로 그 힘으로 이들은 구성적 외부라는 자신들의 위치를 농담화하는 여유와 거리를 확보하는 것이다.

연대의 힘으로 혈연의 상대화와 유머를 확보하는 「우리들, 킴」과 달리, 「글로리아」는 입양아 개인의 자격으로 세상과 맞서다 끝내 죽음을 맞이하는 비극의 서사이다. 자살로 귀결된다는 점에서 이는 패배의 서사이지만 동시에 죽음에 이르게 하는 병증으로서의 입양제도에 대한 처절한 고발의 서사로도 읽을 수 있다.

글로리아의 경우, 입양아라는 정체성은 그녀의 성장과 사랑에서부터 결혼과 양육에 이르기까지의 전 과정에 개입하는 낙인으로 작용한다. 글로리아가 구성적 외부로서의 자신을 발견한 것은 양부모의 시선으로 인해서이며 입양을 받아들인 미국사회는 그 확대경이라 할 수 있다. 숨겨놓은 잡지와 파일을 단서로 글로리아를 "음탕한" 피로 간주하는 양부모의 타자화와 배제는 그녀의 성장과정을 지배한다. 고교동창인 제이콥과의 사랑과 결혼, 그리고 아이의 실종이라는 일련의 사건 역시 입양아라는 정체성을 낙인처럼 부각시키는 과정에 다름 아니며 이와 같은 일방적 폐쇄회로는 죽음에 이르도록 구조화되어 있다. "존과 포카혼다스 커플"이 함축하듯, 제이콥에게 그녀는 "눈에 띄는" 이질성으로 의미화되며 "사랑을 나눌 때, 낯설고 매혹적인 오지를 탐험하는 듯한 기분"을 선사하는 대상이다. 타자화의 다른 이름이라 할 수 있는 "오지"에의 매혹은 사랑으로 오인된 오리엔탈리즘에 가깝기에 진정성 있는 관계로 이어지기 어려우며 이후의 이혼과 양육권 분쟁은 당연한 귀결이다. 아이의 실종이라는 사건은 죽음에 이르게 하는 타자화하는 병증을 단적으로 요약한다.

아이의 실종이 아니라 그 엄마가 한국계 입양아라는 사실을 핵심적으로 부각하는 매스컴의 태도가 이를 잘 보여준다. 심한 감정기복과 강박성 인격장애 등 과거의 병력이 다시 호출되는 것 또한 입양아라는 낙인의 과학화이자 입양아를 원천적으로 배제하려는 사회적 의지에 다름 아니다.

아이를 잃어버린 피해자가 아이 살해의 제1용의자로 돌변하고 이웃의 관심과 배려는 혐오와 경계의 시선으로 뒤집히며 모자를 향한 전남편의 협박조차 친부를 "영원히 따돌리기 위한 자작극"으로 간주되는 극적 전환의 중심에 있는 것은 입양아라는 낙인이다. 전남편과 그의 든든한 배후를 이루는 미국 사회의 타자화 전략은 아이를 잃어버린 피해자를 아이를 살해한 제1용의자로 만들어낸다. 결백을 입증하기 위한 그녀의 자살은 "인간사냥"이라는 말에 잘 요약되어 있듯이, 21세기 미국 사회의 한복판에서 휴머니즘과 선의의 미명 아래 이루어진 사회적 타살의 최종결과이다. 입양을 낙인으로 만드는 최초의 시선은 입양부모이고 그것을 돌이킬 수 없는 파국으로 몰고 간 것은 연인/남편이며 이들을 배후하는 것은 휴머니즘 속에 감춘 오리엔탈리즘과 타자화의 이데올로기인 것이다.

표제가 함축하듯, 「우리들, 킴」이 집합적인 공감과 유머의 힘으로 입양의 평범함이라는 성찰에 이른다면, 「글로리아」는 생존의 이유를 발견하는 데 끝내 실패한 죽음의 서사라 할 수 있는데, 여기서 주목해야 할 점은 죽거나 나쁜 두 서사가 연속성을 가진다는 사실이다. "이보다 더 나쁜 경우일 수도 있었다"라는 가정의 초점은 더 나쁜 경우의 상상으로 나쁜 현실을 살아낸다는 데 있다는 점에서 킴과 글로리아는 연속적이다. 혼자 있는 킴은 글로리아와 다르지 않으며 글로리아'들'의 연대가 가능했다면 그녀의 비극을 최소화하는 것 역시 가능했을 것이다.

이제, 입양아를 둘러싼 엄마들의 서사를 살펴본다.

3. 세상의 모든 엄마'들'

입양과 관련된 엄마들의 서사는 대개 남성권력에 의한 곤경의 서사이다. 사랑은 함께 했으되, 임신과 출산 등의 제반 문제는 여성에게만 덧씌워지기 때문이다. 너무 미숙해서 가정을 가질 능력이 안 되거나 너무 노숙하여 이미 가정을 가지고 있는 남자들과 달리, 미혼모의 곁에는 아무도 없다. 자신의 아이라는 사실을 부인하거나 잠적을 택하는 남자들, 그리고 낙태 혹은 입양을 권하는 가족과 사회가 있을 뿐이다. 그녀를 버린 세상의 한켠에서 출산과 양육의 제 과정을 홀로 겪는 임신한 여성들의 선택은 입양으로 귀결될 수밖에 없다.

친엄마, 큰엄마, 입양엄마, 양육엄마, 위탁모 등 세상의 다양한 엄마들의 이름만큼 입양과 연관된 맥락 또한 다양하다. 「해변의 여인」은 자기 손으로 남편의 동거녀가 출산한 자식을 입양시킨 큰엄마의 서사이며 「열한 번째 아이」는 19세 손자의 19개월짜리 아이를 키우는 75세 할머니의 서사이지만 자신의 아이 외에 7명의 아이를 키워온 그녀의 이력은 양육엄마 혹은 위탁모와 겹친다. 이들을 입양 혹은 위탁 양육에 처단하는 근원에는 일부일처제를 명목상 유지하며 사실상 폐기한 남성의 이중성이 자리한다. 「해변의 여인」의 엄마/큰엄마는 앞서 살펴본 「우리들, 킴」의 엄마/큰엄마와 겹친다. 딸을 버렸고, 큰엄마는 버리도록 실력을 행사했지만, 문제의 진원지는 두 여인을 거느린 아버지이다. 젊은 시절을 엄마와 다 보내고 돈 한 푼 없이 돌아온 늙은 남편의 병수발로 말년을 보낸 큰엄마의 내면을 초점화하는 것은 피해자로서의 여성을 드러내는 일에 다름 아니다. 여성을 아내/동거녀로 나누어 호적/무적, 늙음/젊음, 외면/사랑, 병수발/쾌락을 할당한 아버지는 문제의 중심에 있으되 그 처리는 늘 여성에게 전담되며 이 점에서 큰엄마 역시 아버지의 피해자이다. 동거녀의 자식이 "엄마 대신" 사과하고 큰엄마는 그녀를 "명치 끝에 맺혀 있는 돌덩이를" 들어낸 "어여쁜 딸"로 받아들이는 것은 이런 맥락에서 가능하다. 「열한 번째 아이」에서 죽은 "엄마가 남긴 무제한 데이터"라는 은유처럼 19세 손자의 대리엄마이자 19개월 증손자의 양육엄마 역할에 처단된 75세 할머니의 곤경 또한 딸이 죽기도 전에 바람을 피우며 손자를 방치한 사위로부터 연원한다 할 수 있다.

「엄마들」은 미혼모 시설에 모인 엄마들의 목소리를 통해 이와 같은 엄마들의 사정을 보다 구체화한다. 엄마'들'을 초점화자로 다룬다는 것은 관념적 모성으로 이들을 일괄하지 않으려는 의도로 이해된다. 모성윤리를 압박하여 죄의식을 부각시키는 것이 아니라 미혼인 여성이 임신과 출산을 경험하며 세상과 직면했을 때 발생하는 제 현상들을 초점화함으로써 소설은 모성으로 호명하거나 모성 밖으로 밀어내는 여성 분할의 이데올로기를 심문한다.

여성들은 혼자서 임신과 출산 그리고 그 이후를 고민하며 이 전 과정에 남자들은 보이지 않는다. 아이를 책임지기에는 너무 무능하고 미숙하거나 충분히 노숙하고 유능하되, 이미 처자식이 있기 때문이다. 아이의 아버지는 "죽어도 콘돔을 싫어하는 새끼"이거나 임신 8개월 된 여자친구를 버려두고 방뺀 돈을 챙겨 달아나거나 자신의 엄마 뒤에 숨어서 아버지이기를 부인하는 파렴치한들이다. 엄마들은 아이를 버리기 전에 이미 그들 자신이 버림받은 상태인 것이다.

남자친구뿐 아니라 가족과 사회 역시 그녀를 밀어낸다. 사람들의 손가락질과 수근거림을 견딜 수 없어 미혼모가 된 딸의 엄마가 가출해버린 경우에서 잘 알 수 있듯, 남자로부터 외면당한 여성은 자신과 남자의 가족으로부터 한 번 더 외면당한다. 미혼모시설로 대표되는 가정 바깥의 사회 또한 마찬가지이다. "소지품 검사", "손으로 더듬어서"로 이루어지는 신체수색, 까다로운 입소와 퇴소규칙 등이 요약하듯, 세상과 격리시켜 출산을 지원하는 미혼모 시설은 세상 안으로 미혼모를 밀어내는 방식이다. 입양이 주력사업인 것 또한 이와 같은 미혼모의 비가시화와 유관하다. "입양이 주력사업인가 보았다. 입양부 선생님 숫자가 쉼터 선생님보다 훨씬 더 많았다"는 언급처럼 미혼모 자체를 비가시화하는 것은 입양을 유도하는 것과 직결된다.

“생지랄들”은 입양과 양육 사이에서 선택과 번복을 반복하는 미혼모들의 곤경을 요약한다. 3개월 만났다 헤어진 남자친구에 비해 뱃속의 아기와 보낸 7개월이 훨씬 길다는 ‘나’의 독백이 잘 설명하듯, 양육에 대한 애착이 있음에도 불구하고 대개 입양으로 귀결되는 것은 양육을 불가능하게 만드는 이와 같은 상황 때문이다.

이 점에서 이들은 입양을 선택한 것이 아니라 입양이라는 선택에 처단된 것에 가깝다. 입양서류에 서명을 하는 것은 본인의 손이지만, 이는 보이지 않는 손의 악력이 작용한 결과이다. 보이지 않는 손의 주인은 남성의 무책임과 정상가족이데올로기 그리고 국가가 주도하는 생명의 교환가치화이다. 사랑이라는 출발이 해외입양으로 수렴되기까지는 무책임한 남성과 이를 배후하는 지배권력이 자리하고 있음을 소설은 적나라하게 드러낸다. “입양은 기쁨입니다”라는 플래카드를 제시하며 서사가 시작되고, 새롭게 단장된 “입양은 기쁨입니다”라는 플래카드를 부각시키며 서사가 종결된다는 사실과, “대대적인 입양 홍보행사”의 시작을 알리기 위해 연예인이 동원되는 것은 입양에 대한 공적 입장을 잘 설명한다. 정상과 제도 안으로 들어온 모성만을 인정하고 미혼모 등 제도 외의 모성은 다른 사람에게 양도할 때 행복이라고 설득한다. 보호되는 모성과 배제되는 모성을 가르는 제도의 폭력을 날카롭게 드러냄으로써 소설은 모성이라는 관념이 누구를 그리고 무엇을 보호하는가를 뚜렷이 드러낸다. 남성의 무성의와 무책임이라는 개인적 차원은 이런 경로를 통해 사회적 차원의 공모로 연결된다. 아이를 키우기 위해서는 한 마을이 필요하다고 했지만 입양이 성립되기까지는 전 세상의 스크럼을 짠 압박이 선행하는 것이다.

4. 이런 사랑

「불안은 영혼을,」과 「환대」에는 입양이 전혀 드러나지 않지만, 가정이 있는 남자와의 사랑이 중심서사 혹은 에피소드로 제시되며 이들의 불륜이 정확하게 일부이처제처럼 작동한다는 사실은 입양과 무관하지 않다. 불륜의 다른 이름인 사랑에서 읽을 수 있는 남성의 권력과 여유 그리고 여성의 취약함과 불안은 미혼모의 서사와 겹친다. 지독한 사랑의 서사에서 입양 '각'을 읽는 것은 이 때문이다.

「불안은 영혼을,」은 젊음도 경쟁력도 없는 40대 시간강사인 수정과 교수이자 대학선배인 정수와의 불륜을 중심서사로 제시한다. 매번 교수임용에서 탈락되는 수정의 불안은 사랑으로 수렴된다. 행복과 고통이라는 정조에서부터 삶과 죽음까지 모두 정수에게서 비롯되는 그녀에게 있어서 사랑은 종교와 같다. 그의 목소리만 들어도 죽음에 이르는 충동으로부터 구원

되고 그의 얼굴만 보아도 고통이 사라지는 기적이 이를 증명한다. 그는 구원자에 값하고 그녀는 그에게 자신을 온전히 양도하는데 그녀의 자기비하와 구토는 사랑에 자신을 파먹힘으로 인한 증상이다. 불안에서 출발한 그녀의 사랑은 스스로를 잠식함으로써 더욱 큰 불안으로 귀결되는 것이다.

이에 비해 정수의 사랑은 그녀만큼 절실하지 않아 보인다. 그녀를 사랑하지 않는 것은 아니나, 그의 사랑은 생사를 가르지도 않고 천국과 지옥을 왕복하지도 않는데, 이와 같은 차이는 그가 이미 가진 사람이라는 데 기인한다. 그는 가정을 가졌고 정년트랙 교수직을 가졌으며 심지어 혼외관계까지 덤으로 가지고 있기에 사랑에 할애하는 정도는 미미할 수밖에 없다.

이와 같은 그/그녀의 입지에서 일부이처제를 연상하는 것은 그리 어려운 일이 아니며 그의 아내가 맡은 역할과 그녀를 대비시켜 볼 때 이와 같은 연관성은 더욱 확실해진다. 아내와 그녀는 그를 중심으로 배치되어 각각 가정/바깥, 임용이전/임용이후, 공식/비공식, 휴일/평일을 담당한다. 그가 교수직을 가질 때까지 역할을 맡은 것이 아내라면 수정은 교수직 획득 후의 결여를 채우는 역할을 한다. 유학의 뒷바라지는 물론, 아내가 없었다면 임용은 불가능했다고 할 정도의 영향력으로 아내는 그의 성장에 기여한다. "사막 같은 유학"과 "임용전쟁터"에서부터 담배를 끊는 사적 결단에 이르는 전 과정의 조력자이자 조련사라 할 수 있는 아내의 전폭적인 지원에 힘입어 교수직에 임용되었지만, 교수가 되고 난 후의 그는 다른 여성을 욕망한다. 성공을 위한 아내의 강한 드라이브는 필수적이지만 그로 인한 긴장을 풀어낼 부드러움 또한 욕망한다. "자신을 교주로, 신앙으로 여기는 여자가 지상에 하나쯤" 필요하고 "자신에게 매혹되는 대상에게 매혹되는" 것은 당연하다는 그의 말은 수정의 용도를 요약한다.

아내와 수정을 다 필요로 하는 그의 욕망은 금연과 담배 피우기를 모두 놓치지 않는 것에 유비된다. 자기관리능력에 대한 증명을 위해 성공적으로 금연을 실천하지만, 명료한 합리의 세계로부터의 일탈 또한 뿌리칠 수 없는 유혹이며 그것을 담당하는 것이 수정이다. 수정의 "흐릿한 실루엣"에 그가 매혹되는 것은 이런 까닭에서이다. "현실세계에서 뚜렷하게 느껴지지 않는 존재감이야말로 그가 진정으로 원하는 그녀의 무게"라는 말은 편리하기에 "완벽한 연인"일 수 있는 그녀의 위상을 정확하게 설명한다. 가정, 학교를 비롯한 공식적인 자리를 회피하는 그림자 역할이야말로 수정이 맡은 영역이며 들러리 이상을 넘보지 않는 한, 그녀와의 관계가 보장된다는 것이다. 아내의 보완재라 할 수 있다. 수정의 편리한 협조로 인해 정수는 사실상의 일부이처제를 무리 없이 향유한다.

친부모에게서도 원본의 자격을 의심할 만큼 원본 뒤흔들기에 공을 들여온 황은덕 소설의 궤적에서 대체불가능한 사랑에 강박되는 수정은 거의 유일한 예외이지만, 정수의 욕망을 부각시킴으로써 소설은 바로 그 원본의 불가능성을 훌륭히 증명한다. 수정의 올인으로 인해 이미 안정적인 정수는 더욱 여유를 갖게 되고 자신의 모든 것을 사랑에 내어 준 수정은 더욱 불안해지는 사랑의 비대칭은 사랑과 여성 자아의 충돌을 명료하게 도식화하기 때문이다. 정수와 수정이라는 이름처럼 서로의 사랑은 정반대의 벡터를 향해 달리기에 그들이 합체하는 사랑은 거의 불가능에 가까운 것이다.

「환대」의 주요서사는 이십여 년 만에 다시 이어진 나와 진숙의 우정으로 구성되지만 나의 남편의 불륜, 그리고 정신병원에 입원 중인 진숙의 불가능한 사랑이 에피소드처럼 제시됨으로써 남성지배로 인한 여성종속의 제 문제들이 드러난다.

'너'라는 이인칭 화법으로 설명되는 진숙의 증상은 그녀의 오빠들이다. 그녀가 의지하던 큰오빠는 죽고, 사귀던 오빠는 사라지고, 작은오빠는 그녀를 퇴원시키지 않기에 오빠 자체가 증상의 내용이라고 해도 과언이 아니다. 자신이 22살이라고 믿고 있는 것도 오빠를 중심으로 자신을 정체화하던 "청춘의 한 지점"에 그녀가 고착되었기 때문인 것으로 보인다. 이처럼 다른 세계에서 살고 있는 오랜 친구에 대한 애정과 안타까움을 함축하는 장치가 이인칭 화법이다. 과거는 공유하지만 그녀의 현재는 알 수 없기에 함께했던 과거를 드러냄으로써 현재의 끈을 이어보려는 노력이 '너'라는 최단거리의 시점으로 제시되는 것이다.

도시로 나와 학교에 다니던 오빠들을 위해 도시로 진학한 그녀들은 오빠들의 밥상을 차려주며 학교를 다닌다. 그녀의 오빠들은 여동생이 해주는 밥을 먹고, 여동생에게 스트레스를 풀면서 의젓한 어른으로 성장해간다. 오빠들이 사회적 주체로 성장하는 동안 그들을 지원해주던 그녀들은 결혼을 해서 주부가 되거나 정신병원에 갇혀 있다. 결혼을 한 은희는 남편과 회사동료의 불륜으로 힘들어하고 정신병원에 있는 진숙은 오빠의 환상에 갇혀 있다. 죽은 오빠를 상대로 의논하고 어리광부리며 혼잣말을 하던 고등학교 때처럼 지금의 그녀 또한 사귀는 오빠가 의사라거나 자신을 퇴원시키러 온 오빠를 잠 때문에 만나지 못했다는 환상에 갇혀 있다.

정신병을 앓고 있는 진숙과 은희가 상호적 배려의 관계일 수 있는 것은 남성권력의 타자라는 유사한 상처 때문이다. 죽거나 사라졌거나 찾아오지 않는 진숙의 오빠들처럼 은희의 남편 역시 필요할 때 곁에 없다. 육아와 가사에 관한 한, 자신을 "없는 사람"으로 생각하라고 말할 정도로 남편은 자유를 누린다. 가사일에는 "없는 사람"처럼 행세하지만, 다른 여자와 만날 때는 "환하게 번지는 생의 활기"로 자신의 존재를 과시한다. 아내를 괄호 치고 생의 활기를 발산하는 남편처럼 진숙의 곁에 없는 작은오빠 역시 동생을 괄호 친 채 사랑과 평화를 누린다. 오빠들의 타자였던 은희와 진숙은 20년이 지난 지금도 여전히 타자의 위치에 배치되어 있는 것이다.

너는 일회용 드레싱 봉지를 집더니 자세히 들여다보았다.

-이게 뭐니… 소스니?

네가 소스, 라고 발음하는 걸 듣자 왠지 가슴이 뭉클해졌다.

남편이 은희에게 충실할 가능성도 진숙이 정신병원을 나갈 가능성도 전혀 없지만, 서사의 결말에서 희망의 기미를 읽을 수 있는 것은 서로에 대한 환대와 음식 때문이다. 병원의 접견실에서 이루어지지만 이들의 식사는 서로를 환대하며 차려진 만찬에 값한다. 그녀의 "소스"라는 발성에 은희가 뭉클한 것은 그 말에서 희미한 가능성을 발견하기 때문이다. 여름에도 겨울 파카를 입고 자신이 22살이라고 믿음에도 불구하고 소스라는 발성은 그녀가 세상의 끈을 완전히 놓지 않았음을 증명한다. 소스가 식욕의 단순한 충족이 아니라 미각을 섬세화하는 문명의 기호라는 점에서 더욱 그러하다. 결말부에 배치된 "네가 사 온 건 다 맛있어"라는 대사 또한 자신에게 의미 있는 삶을 계속하겠다는 의지이기에 희망을 구체화하는 역할을 한다. 한없이 불투명에 가깝지만 그럼에도 불구하고 일말의 희망이 있다면 그것을 담보하는 것은 서로를 환대하는 두 사람의 우정이고 이를 매개하는 음식인 것이다.

「환대」만이 아니라 『우리들, 킴』의 그 어느 서사에도 희망을 약속하는 대단원은 없다. 미혼모인 엄마는 아이를 떠나보내고 입양아 또한 결국 부모를 떠나며 사랑은 함께 하는 미래와 무관하다. 그러나 그것이 곧 절망을 의미하지는 않는다. 없는 희망이 곧바로 절망으로 직결되지 않는 것은 황은덕이 구사하는 서사의 안전망 때문이며 그것을 직조하는 것은 젠더의 복화술이다. 젠더의 복화술은 입양의 서사를 미혼모 그리고 사랑의 서사와 연속시킴으로써 모성을 분할하는 제도권력과 사랑이라는 이름의 남성권력을 심문하고 이에 대한 입양아'들'의 연대 그리고 서로에 대한 여성들의 환대에서 반작용의 가능성을 드러내기 때문이다. 음식과 환대를 통해 일시적으로나마 절망을 중단시키는 황은덕 소설의 식탁은 함부로 발설되는 희망보다 더 강한 희망의 기미를 함축하는 것이다.

작가의 말

워낙 드문드문 소설을 발표하다 보니 다시 오랜 시간이 흐르고서야 두 번째 소설집을 묶는다. 소설가로서 성실하지 못했던 시간들에 대해 부끄러움과 회한이 남는다.

그동안 썼던 단편들을 한자리에 모아 읽으니 가슴이 저릿저릿하다. 지난 시간들 속에서 내가 나름의 방식으로, 나 자신의 한계 속에서, 최선을 다해 사랑했던 주인공들이다.

표제작 「우리들, 킴」은 나의 입양인 친구, 김의 경험을 바탕으로 상상력을 보태어 썼다. 그녀를 처음 만난 이후 두 번째, 세 번째, 네 번째, 다섯 번째의 김을 만났다. 모두 1970년대와 80년대에 벨기에와 프랑스로 떠난 입양인들이었다. 친구 김에게 소설집이 발간된다고 이메일로 알렸더니 한국과 벨기에의 시차에도 불구하고 당장 한글로 답장이 왔다. "환상적입니다~^^ 와우~ 멋지네요!!!" 내가 무엇을 썼든지 그건 나의 가슴에서 나온 글일 테니 백 퍼센트 지지한다고 말해 준 김에게, 우리 모두의 김들에게, 경의와 사랑을 전하고 싶다.

소설을 쓰면서 세상을 살아갈 수 있어서 무척 다행이다. 한없이 더딘 발걸음이지만 소설을 써 나가는 동안 조금씩 더 나은 사람, 더 인간적인 사람이 되어 가고 있다고 믿는다.

앞으로는 오롯이 소설에 집중하는 시간을, 삶을, 살고 싶다.

2017년 겨울

황은덕

황은덕

전남 무안에서 태어나 광주에서 학창 시절을 보냈다. 서울과 미국에서 각각 방송작가와 시간강사로 일하며 생활했다. 2000년 〈부산일보〉 신춘문예로 등단하여 작품 활동을 시작했다. 소설집 『한국어 수업』, 역서 『한나 아렌트와 마틴 하이데거』를 펴냈다. 제10회 부산작가상, 제17회 부산소설문학상을 수상했다. 현재 부산대학교에서 강의하고 있다.

:: 산지니 · 해피북미디어가 펴낸 큰글씨책 ::

문학

해상화열전(전6권) 한방경 지음 | 김영옥 옮김
유산(전2권) 박정선 장편소설
신불산(전2권) 안재성 지음
나의 아버지 박판수(전2권) 안재성 지음
나는 장성택입니다(전2권) 정광모 소설집
우리들, 킴(전2권) 황은덕 소설집
거기서, 도란도란(전2권) 이상섭 팩션집
*2018 이주홍문학상 선정도서

폭식광대 권리 소설집
생각하는 사람들(전2권) 정영선 장편소설
삼겹살(전2권) 정형남 장편소설
1980(전2권) 노재열 장편소설
물의 시간(전2권) 정영선 장편소설
나는 나(전2권) 가네코 후미코 옥중수기
토스쿠(전2권) 정광모 장편소설
*2016 세종도서 문학나눔 선정도서

가을의 유머 박정선 장편소설
붉은 등, 닫힌 문, 출구 없음(전2권)
김비 장편소설

편지 정태규 창작집
*2015 세종도서 문학나눔 선정도서

진경산수 정형남 소설집
노루똥 정형남 소설집
유마도(전2권) 강남주 장편소설
*2018 대한출판문화협회 청소년도서

레드 아일랜드(전2권) 김유철 장편소설
화염의 탑(전2권)
후루카와 가오루 지음 | 조정민 옮김

감꽃 떨어질 때(전2권) 정형남 장편소설
*2014 세종도서 문학나눔 선정도서

칼춤(전2권) 김춘복 장편소설
목화-소설 문익점(전2권) 표성흠 장편소설
*2014 세종도서 문학나눔 선정도서

번개와 천둥(전2권) 이규정 장편소설
*2015 부산문화재단 우수도서

밤의 눈(전2권) 조갑상 장편소설
*제28회 만해문학상 수상작

사할린(전5권) 이규정 현장취재 장편소설
테하차피의 달 조갑상 소설집
*2011 이주홍문학상 수상도서

무위능력 김종목 시조집
*2016 부산문화재단 올해의 문학 선정도서

금정산을 보냈다 최영철 시집
*2015 원북원부산 선정도서

인문

파리의 독립운동가 서영해 정상천 지음
삼국유사, 바다를 만나다 정천구 지음
대한민국 명찰답사 33 한정갑 지음
효 사상과 불교 도웅스님 지음
지역에서 행복하게 출판하기 강수걸 외 지음
재미있는 사찰이야기 한정갑 지음
귀농, 참 좋다 장병윤 지음
당당한 안녕-죽음을 배우다 이기숙 지음
모녀5세대 이기숙 지음
한 권으로 읽는 중국문화
공봉진 · 이강인 · 조윤경 지음
*2010 문화체육관광부 우수학술도서

차의 책 The Book of Tea
오카쿠라 텐신 지음 | 정천구 옮김

불교(佛敎)와 마음 황정원 지음
논어, 그 일상의 정치(전5권) 정천구 지음
중용, 어울림의 길(전3권) 정천구 지음
맹자, 시대를 찌르다(전5권) 정천구 지음
한비자, 난세의 통치학(전5권) 정천구 지음
대학, 정치를 배우다(전4권) 정천구 지음